Le play-boy des sables

MAYA BLAKE

Le play-boy des sables

Traduction française de
BARNABÉ D'ALBES

AZUR

HARLEQUIN

Collection : Azur

Titre original :
HIS PREGNANT DESERT QUEEN

HARPERCOLLINS FRANCE
83-85, boulevard Vincent-Auriol, 75646 PARIS CEDEX 13
Service Lectrices — Tél. : 01 45 82 47 47 - www.harlequin.fr
ISBN 978-2-2804-9073-3 — ISSN 0993-4448

Composé et édité par HarperCollins France.
Imprimé en juillet 2023 par CPI Black Print (Barcelone)
en utilisant 100% d'électricité renouvelable.
Dépôt légal : août 2023.

MIXTE
Papier issu de sources responsables
FSC® C159065

Pour limiter l'empreinte environnementale de ses livres, HarperCollins France s'engage à n'utiliser que du papier fabriqué à partir de bois provenant de forêts gérées durablement et de manière responsable.

1.

Javid al-Jukrat tenait toujours ses promesses.

Certes, la liste de ses défauts était longue, il l'admettait. Mais il savait tourner une faiblesse en avantage. Par exemple, la réputation de play-boy et de casanova superficiel qui lui collait à la peau était devenue l'un de ses meilleurs atouts. Car en lui donnant l'air inoffensif, elle éteignait tout soupçon chez l'adversaire – jusqu'à ce qu'il soit trop tard. Ce jeu avait toutefois une limite claire : la parole donnée. Quoi qu'il arrive, Javid honorait les engagements qu'il prenait.

C'était d'ailleurs grâce à cette constance qu'il avait atteint l'excellence en diplomatie. Et que son frère, Tahir, le souverain de Jukrat, était contraint de tolérer la frivolité de sa vie intime pour lui confier, encore et toujours, les missions de politique étrangère les plus délicates. Javid était passionné par son travail parce que, plus que tout, il adorait sa liberté.

Ensommeillé, il lâcha un long soupir. La silhouette était toujours là, découvrit-il en entrouvrant un œil. Sans bouger d'un millimètre, savourant la douceur du coton satiné de sa taie d'oreiller contre sa joue, il marmonna :

— Je triple votre prime de Noël et je vous garantis un poste où vous voudrez dans le monde entier si vous me laissez dormir encore une heure. Et vous savez que je ne plaisante pas.

À ses propres oreilles, sa voix était pâteuse, ravagée par une nuit de festivités très arrosées… où n'avait manqué aucun plaisir de la chair. Et alors ? Devait-il s'excuser d'apprécier la compagnie des femmes ? De leur côté, ses partenaires ne se plaignaient pas. Au contraire, on les entendait crier leur satisfaction jusqu'à ce que, rassasiées, elles rentrent chez elles. Car Javid étendait rarement l'invitation à séjourner dans sa chambre au-delà de minuit. En tout cas, la veille, ses activités avec une jolie rousse avaient pris une dimension acrobatique très appréciable et…

Pris d'une légère angoisse, il tendit soudain le bras à côté de lui, sous les draps. Soulagé, il constata qu'il était seul dans l'immense lit de sa villa californienne.

Hélas ! son assistant n'avait pas bougé. Il était toujours sur le seuil de la chambre, comme s'il méprisait l'offre pourtant très généreuse que son patron venait de lui soumettre.

— Votre Altesse, reprit-il en se tortillant avec un embarras ostensible, je manquerais à mes plus élémentaires obligations si je ne vous tenais promptement informé d'une actualité sensible…

Javid lâcha un grondement de protestation avant de se cacher la tête sous le second oreiller. Il ne voulait pas entendre la suite ! Il regrettait soudain l'absence de la rousse avec qui il avait passé les dernières heures : si elle avait été là, ils auraient encore été en train de se livrer à de merveilleux exercices de souplesse, elle et lui, et Wilfried n'aurait pas même osé frapper à la porte.

Exaspéré par l'obséquiosité de son employé, il accomplit cependant l'effort surhumain de tendre le bras jusqu'à sa table de chevet afin d'attraper sa luxueuse montre suisse. Un nouveau grognement lui échappa. Quoi ? Il était *5 h 17 du matin* ?

Furieux, il se redressa et sentit aussitôt les crampes, la migraine et le vertige typiques d'une soirée d'excès lui vriller le front.

— Réfléchissez bien avant de parler, Wilfried, le prévint-il. Parce que si ce que vous voulez absolument me dire tout de suite n'est pas lié à la santé de mon frère, de ma belle-sœur, de ma mère ou d'un autre parent proche, vous risquez de vous retrouver au chômage dans l'heure !

Il était rare que Javid agrémente sa voix de ses tonalités les plus sévères : il s'agissait de son dernier ressort diplomatique. Un outil d'une efficacité redoutable et redoutée – tellement infaillible que son frère, Tahir, était bien obligé de passer l'éponge sur ses frasques de séducteur incorrigible. Plus d'un parlement, plus d'un cabinet royal avait tremblé sous l'impressionnant vibrato de son timbre impérieux.

— Eh bien ? aboya-t-il, comme sa patience s'érodait.

Wilfried pâlit et cependant, sans se démonter, resta à l'entrée de la pièce.

C'était précisément cette détermination qui avait incité Javid à le recruter, en tant que plus proche collaborateur. Parce qu'il se montrait presque imperméable à ses nombreuses et imprévisibles sautes d'humeur. Ses coups d'éclat lui ayant coûté la démission de six secrétaires en trois ans, il avait dû hisser l'aplomb et le sang-froid à la première place des compétences requises à ce poste. Wilfried travaillait pour lui depuis dix-huit mois, mais s'il s'entêtait à demeurer mutique après l'avoir réveillé au beau milieu de la nuit, il ne resterait plus très longtemps à son service !

La colère de Javid fondit en un instant en raison de ce qu'il put alors lire dans le regard de son assistant. Un regard plein de commisération, qui présageait le pire. Oh ! bon sang ! Quelque chose de grave s'était produit.

Il sentit le mauvais sort s'abattre sur lui avant même que Wilfried ouvre la bouche.

— C'est au sujet de Leurs Majestés, le roi Adnan et la reine Yasmine de Riyaal, annonça-t-il d'un ton solennel.

Javid frémit tout en savourant un léger soulagement : au moins, les personnes qu'il aimait le plus au monde – son frère, sa belle-sœur et son neveu âgé de quelques mois à peine – n'étaient pas les victimes du drame dont Wilfried venait l'informer.

Son affection pour son aîné était profonde. Tout au long de leur enfance, leur complicité les avait un peu protégés de l'intransigeance de leur père. En fait, c'était surtout Tahir qui avait subi la dureté et parfois l'injustice de ce cheikh intraitable. Mais c'était de l'histoire ancienne : désormais, leur père était mort, et Tahir régnait sur Jukrat avec talent et humilité, faisant rayonner la modernité et la réussite de leur pays auprès de toutes les instances internationales. Un accomplissement dont Tahir pouvait être fier, car il n'avait guère été soutenu non plus par…

Leur mère. Ou plutôt leur génitrice : celle qui leur avait donné naissance avant de se désintéresser de leur sort. Si elle avait consenti à faire de la figuration au cours de leur jeunesse, c'était toujours en échange de la satisfaction de ses caprices, de son bon plaisir.

Depuis quelque temps, les relations de son frère aîné avec elle semblaient pacifiées, mais Javid campait sur son quant-à-soi. Cette femme ne faisait pas semblant de l'aimer ; eh bien il ne faisait pas semblant de se soucier d'elle non plus. À la rigueur, il tolérait qu'elle se serve de leur nom et de son statut royal pour s'attirer les faveurs de cercles privilégiés à Paris, où elle s'était établie après la mort de leur père… à condition qu'elle y reste et qu'elle se fasse rare à Jukrat.

En cinq ans, Javid avait réussi à ne pas échanger plus de deux ou trois phrases avec sa mère – essentiellement lors du mariage de son frère, environ un an auparavant. Il ne s'en portait pas plus mal.

Néanmoins, un poids lui comprimait la poitrine lorsqu'il déclara :

— Je suis à Santa Barbara depuis une toute petite semaine. C'est ma récompense, le repos essentiel que je m'octroie après des mois et des mois de travail acharné avec mon cousin pour régler les innombrables problèmes qui empoisonnent son pays. Vous le savez mieux que personne : c'est vous qui avez fait en sorte qu'aucune obligation ne pollue mon séjour, ça vous revient ? Auriez-vous également oublié que je vous ai donné cinq jours de congé pour que vous alliez vous détendre dans un hôtel cinq étoiles ?

— Non, Votre Altesse. Je ne l'ai pas oublié.

Javid leva les yeux au ciel. Il avait dû prier une bonne centaine de fois son secrétaire de cesser de lui donner du « Votre Altesse » en privé, de l'appeler Javid lorsqu'ils étaient seuls. Mais, issu d'une bonne famille de Jukrat et âgé d'une trentaine d'années, cette tête de mule refusait de lâcher sa bible protocolaire.

— Mais alors, pourquoi diable venez-vous m'importuner à une heure pareille au sujet d'Adnan et de Yasmine ? protesta-t-il.

Il avait tenu la promesse faite à Tahir. Non, en fait, il l'avait même *surpassée* ! Car initialement, il avait été d'accord pour rester six mois au sein du royaume de Riyaal, afin d'aider leur cousin Adnan à régler bon nombre de problèmes politiques, économiques et sociaux. Des problèmes liés certes aux complexités inhérentes à un territoire en manque d'unité, mais également aux décisions désastreuses du jeune souverain. Car Adnan avait conclu une série de contrats d'État impossibles à honorer, ce qui avait plongé le royaume dans un imbroglio diplomatique doublé d'un risque de crise économique… Et naturellement, tous ses opposants politiques en profitaient pour tenter de le déstabiliser davantage. Après avoir refusé de voir Jukrat floué par un marché de dupes, Tahir avait jugé nécessaire de redresser la situation à Riyaal tout en ménageant la susceptibilité d'Adnan : d'où la présence de Javid aux affaires, en tant que « conseiller spécial ».

Il y avait un peu plus de quinze mois que Javid se mordait la langue en écoutant les élucubrations consternantes d'Adnan, tout en parvenant à éviter plusieurs incidents internationaux et même à étouffer un coup d'État. La croissance économique du royaume effectuait un rebond spectaculaire depuis cinq mois, et la population semblait retrouver confiance et fierté dans son pays… Mission accomplie !

Heureux d'avoir aidé Riyaal à reposer sur des bases désormais solides, Javid n'avait pas volé son séjour en Californie : il avait besoin de se reposer autant que de se divertir et de s'amuser. Si Wilfried croyait le…

— Sa Majesté votre frère le cheikh Tahir al-Jukrat tente de vous joindre depuis plusieurs heures, Votre Altesse, reprit son secrétaire. D'où l'insistance de son secrétaire qui m'a fait appeler dans ma chambre d'hôtel.

— Mais pourquoi ? protesta Javid avec mauvaise humeur.

Wilfried s'éclaircit bruyamment la voix avant de poursuivre :

— Le roi Adnan et la reine Yasmine revenaient au palais royal depuis leur résidence d'été quand leur hélicoptère s'est écrasé, et… L'accident a été découvert à l'aube hier matin. Votre Altesse… J'ai le regret de vous informer qu'il n'y a aucun survivant.

Le bourdonnement que Javid sentait à ses tempes depuis un moment s'intensifia. Son sang s'était glacé dans ses veines.

Même s'il n'avait guère d'estime pour Adnan en tant que chef d'État, Javid était épouvanté d'apprendre sa mort. Il était si jeune ! Et Yasmine… Enceinte de leur premier enfant… Quelle horreur !

Une boule dans la gorge, il se leva d'un bond, ouvrant d'un geste rageur les rideaux donnant sur la piscine et les villas de milliardaires avoisinantes.

— Sa Majesté souhaite toujours vous parler, lui rappela Wilfried tandis qu'il se dirigeait vers la salle de bains.

Évidemment. Il y avait des obsèques nationales à préparer et surtout des réunions non-stop du Conseil de Riyaal pour trouver un successeur au trône avant que plusieurs prétendants, représentant diverses dynasties anciennes du royaume, s'entre-tuent en mettant le pays à feu et à sang…

Il fallait que Javid ait l'esprit clair : une douche froide et un bon café étaient requis d'urgence.

— Faites savoir à mon frère que je serai prêt à lui parler d'ici un quart d'heure, ordonna-t-il. Préparez mes communiqués officiels et rédigez mes messages de condoléances.

— Certainement, Votre Altesse, répondit Wilfried avant de disparaître.

Quinze minutes plus tard, Javid portait un costume et une cravate noirs sur une chemise blanche. Rasé de près, les cheveux lissés et plaqués sur les tempes, il reposa la tasse vide de son expresso sur son bureau. Puis, il établit la connexion vidéo sur son ordinateur.

Ce n'était pas la première fois que le « prince Bling-bling » ou le « don Juan des palaces » se métamorphosait en quelques minutes en « Mozart de la diplomatie ». D'ailleurs, au milieu des titres plus ou moins glorieux dont l'affublaient les tabloïds figurait aussi celui de « caméléon ». De toute façon, il assumait ses goûts, ses méthodes, ses réussites et ses échecs ; en revanche, il ne s'excusait pour rien.

Pourtant, le nœud au fond de sa gorge se serra davantage lorsque le visage fermé de Tahir apparut sur son écran. La douleur qu'il lut sur ses traits ranima aussitôt le souvenir de leur enfance.

Bien davantage que lui, en tant qu'héritier direct du trône son aîné avait été particulièrement soumis à un régime d'exigence inflexible : l'excellence ou rien. Le sage Tahir avait sans doute espéré trouver la paix dans les études, en se montrant irréprochable. Son âme et sa sensibilité en portaient les marques… Et puis, il y avait eu cette époque terrible, l'année du bannissement.

Le temps de l'apaisement était venu avec la mort de leur père, le départ de leur mère et son couronnement. Son frère était un souverain remarquable et, récemment, il avait épousé son amour de jeunesse, une Anglaise, qui lui avait déjà donné leur premier fils. Tahir avait l'air fou de bonheur. Son regard s'illuminait quand sa femme se trouvait près de lui, sa joie d'être père était touchante. Javid appréciait beaucoup Lauren, sa belle-sœur, et Malik, son neveu, mais il ne pouvait croire que Tahir était pleinement heureux.

Leurs parents les avaient dégoûtés de la notion de couple et privés de tout espoir de félicité conjugale. Leur mère n'avait fait que jouer la comédie, paraître heureuse pour la galerie, alors qu'en privé elle monnayait auprès de leur père chaque prestation publique, chaque apparition.

Avait-elle fini par leur communiquer son goût pervers de la mise en scène ?

Rejetant ces souvenirs, Javid songea à son jeune cousin.

— Est-ce que… On a la certitude qu'ils ont péri dans l'accident tous les deux ? demanda Javid tout à trac.

Son frère hocha la tête.

— Oui, c'est officiel. Le communiqué est d'ailleurs publié depuis une heure, et la tempête de réactions a commencé à souffler.

Javid déglutit lentement.

— Bon, soupira-t-il. Je vais venir aux obsèques et te faire parvenir la liste de candidats auxquels je peux songer pour l'intérim. Ensuite, le Conseil des Sages de Riyaal se préparera certainement à désigner un…

— Le Conseil s'est déjà réuni, le coupa Tahir en le fixant droit dans les yeux. J'ai participé aux débats qui se sont tenus cette nuit… Débats auxquels tu aurais dû également prendre part. Seulement voilà : tu n'étais pas *disponible*, Javid.

Le ton de son frère était grinçant.

— Eh bien maintenant, je suis disponible, répondit-il avec flegme.

Bon sang ! combien de temps allait-on lui reprocher d'avoir pris quelques jours de vacances ? D'aimer la liberté ?

Cette liberté après laquelle il s'était mis à courir tout petit, dès qu'il avait été contraint, aux premières loges, d'assister aux querelles, aux marchandages de ses parents. À vingt et un ans, après un cursus exemplaire en sciences politiques où il s'était spécialisé en diplomatie, Javid avait quitté Jukrat où il ne rentrait plus que rarement. Ses ports d'attache attitrés étaient Santa Barbara et Le Caire même s'il effectuait des séjours prolongés dans une bonne douzaine d'autres coins du globe. Avec un luxueux jet privé et des fonds illimités à sa disposition, il s'était taillé un mode de vie en solitaire sur mesure, et il lui suffisait de siffler quand il avait envie d'un peu de compagnie féminine. Ce mode de vie, il en était fier. Il lui convenait à la perfection. Alors décidément, non : il ne s'excuserait pas d'être qui il était.

Bon, certes, ces derniers temps, le fait de changer de partenaire sexuelle comme de chemise commençait à perdre un peu de son charme… Mais ce n'était qu'une phase. Au moins, dans ce domaine, son appétit d'ogre ne diminuait pas ! Peut-être était-il seulement temps pour lui de s'acheter le yacht qu'il avait repéré, et de lever l'ancre pour une croisière avec deux ou trois blondes à bord.

— Tiens donc. Tu en es certain ? demanda son frère en plantant son regard de jais dans le sien.

Un regard étrange, observa Javid en fronçant les sourcils.

— Si tu ne m'appelles pas pour que je fournisse ma feuille de route au prochain Conseil, quelle est l'urgence ?

L'une des grandes qualités de son frère était de se montrer direct. Cette fois encore, il n'y alla pas par quatre chemins.

— J'ai besoin de toi, Javid, avoua Tahir. Et peut-être aujourd'hui plus que jamais parce que tu es le seul candidat crédible en lice.

— En lice pour quoi ? demanda-t-il au moment où les paroles de son aîné prenaient un sens de plus en plus clair et de plus en plus terrifiant dans son esprit.

Non. Oh non ! Non !

— Attends, s'empressa-t-il d'ajouter. Ne réponds pas. Je n'ai pas posé cette question : je ne *veux pas* savoir.

— Javid…

« Candidat ». Oh non ! il n'était pas candidat à ce poste-là !

— Non ! s'exclama-t-il avec force.

Il se leva de son siège et fit les cent pas dans son bureau, la caméra suivant ses mouvements et les retransmettant à Tahir.

— Ni aujourd'hui ni demain, tu m'entends ? Jamais !

— Ne m'oblige pas à te rappeler à qui tu parles, gronda gentiment son frère. Et puis, ce numéro est inutile : le Conseil a validé cette décision.

— Je n'ai pas oublié à qui je parle, répliqua-t-il, une pointe de sarcasme dans la voix. Et toi, peux-tu en dire autant ? Personne n'a jamais rien obtenu de moi en me mettant au pied du mur. Si le Conseil s'imagine que je vais apprécier d'avoir…

Visiblement agacé, son frère l'interrompit encore.

— Javid, tu es le rebelle ultime et tu as le même talent que le roi Midas : tout ce que tu touches se transforme en or. La nuit, tu scandalises la société ; le jour, tu accomplis des miracles diplomatiques pour elle. Pourquoi ne pas poursuivre ce que tu as déjà accompli pour Riyaal au cours des derniers mois ?

— Non, Tahir, soupira-t-il. Régner c'est ton destin, pas le mien.

Cette réponse insolente aurait dû lui valoir les foudres de Tahir. Or, à sa grande surprise, ce dernier parut réfléchir. Qui avait apporté cette paix intérieure à son frère ? Lauren ?

— Tu te trompes, lança-t-il soudain.

— Euh… À quel propos ?

— Quand tu entres dans une pièce, quand tu fais ton travail, tu conduis certaines personnes à changer d'opinion. Et quand tu sors, le monde se corrige un peu : il est meilleur. Tu prétends que ta mission, comme tu dis, s'inscrit dans un temps limité, mais c'est faux : ton action diplomatique s'inscrit dans le temps long. Que cela te plaise ou non, c'est le cœur de l'activité d'un souverain.

Désarçonné par cet argumentaire auquel il ne s'attendait pas, Javid déglutit péniblement.

— Ne dis pas de bêtises, marmonna-t-il.

Tahir ne répondit pas. Il soutint cependant son regard sans ciller. Déterminé à contre-attaquer, Javid lança :

— Je peux te donner tout de suite le nom de quatre excellents candidats pour assumer une transition !

D'un geste énergique, il fit un copié-collé depuis son fichier de notes pour les afficher sur l'écran qu'il partageait avec son frère.

— Parfait, répondit celui-ci avec sérénité. Tu pourras les prendre à ton service dans ton cabinet.

Javid serra la mâchoire.

— Pourquoi refuses-tu de m'écouter ?

Tahir sourit.

— Mais si, je t'écoute. Et je pense que personne n'est apte à tenir le rôle de souverain de Riyaal mieux que toi. Tu as résolu le problème des contrats signés par Adnan en quelques semaines ! Tu as redressé l'économie du pays en moins d'un an, et jamais le royaume n'a été plus stable, politiquement… À toi seul, tu réunis plus de qualités que tous les candidats que nous avons envisagés réunis.

Bon sang ! c'était un cauchemar. Son propre frère allait anéantir sa vie !

— Mais tu oublies un petit détail, précisa-t-il en s'efforçant de dissimuler son affolement.

Défiant son aîné d'un regard intrépide, il articula avec force :

— Je-ne-veux-pas.

Cette fois, Tahir le toisa d'un air sévère. L'air du cheikh, impérial et refusant la désobéissance.

— Non seulement tu possèdes le talent et l'expérience indispensables pour servir ce pays, tonna-t-il, mais l'ancien souverain et toi êtes parents. Tu as le sang royal exigé par le protocole millénaire de Riyaal. Il n'existe aucun candidat qui réunisse ces conditions. En d'autres termes, tu es le seul espoir de ce peuple… et tu vas l'abandonner ?

Le chantage affectif aurait dû lui faire horreur, mais… L'argument politique ne pouvait le laisser indifférent. La mort d'Adnan pourrait replonger le royaume dans le chaos – alors que le peuple avait tellement besoin de sérénité, de continuité.

Javid ne répondit pas quand on frappa à la porte du bureau, mais Wilfried entra et déposa devant lui un document dans un maroquin rouge.

Il n'avait pas besoin de l'ouvrir pour savoir de quoi il s'agissait. Lorsque son secrétaire se pencha au-dessus de son épaule pour ouvrir une seconde fenêtre vidéo à l'écran, Javid sentit son sang se figer dans ses veines. Il s'agissait toujours du bureau royal de son frère – de l'autre côté de la table de travail, près de l'immense portrait de leur père.

Un homme se tenait debout, au garde-à-vous. Il s'agissait d'un haut dignitaire de Riyaal figurant parmi les quatre noms auxquels Javid avait songé.

— Qu'est-ce que cela signifie ? Que fait-il là ?

— Ton secrétaire et ton futur chef de cabinet nous servent de témoins, expliqua Tahir.

Depuis quelques instants, Javid avait compris que son combat était perdu : les dés étaient jetés, le Conseil de Riyaal et son frère avaient déjà conclu cette affaire.

Le décès d'un roi sans héritier direct permettait, fort heureusement, à son successeur de transmettre le sceptre à un autre prétendant au bout de quelques années : il fallait que Javid s'appuie sur cette loi protocolaire pour en finir le plus rapidement possible.

— Si tu t'imagines que tout est réglé, tu te berces

d'illusions, le prévint-il. Avant de me faire signer, il faudra accéder à un certain nombre de demandes de ma part.

— Je m'en doute, répondit son frère en souriant. Lis le document : tu verras que j'en ai anticipé au moins quelques-unes.

À contrecœur, Javid ouvrit le maroquin et parcourut les clauses de l'accord qui scellait son avenir en tant que souverain.

Il crut s'étouffer en découvrant la durée minimale de son mandat.

— Quoi ? *Quinze* ans ? Tu veux que je m'engage pour quinze ans avant de trouver un autre roi ? Tu plaisantes ?

Tahir paraissait peu disposé à négocier. D'un ton méfiant, il demanda :

— Combien proposes-tu ?

— Cinq ans, ce sera très généreux !

— Douze, opposa son frère.

Javid secoua la tête.

— Non. Je veux bien aller jusqu'à sept, et c'est énorme.

— Disons dix : tu es bien placé pour savoir que c'est le minimum pour éviter une déstabilisation de régime.

Javid considéra son frère avec attention. Il aurait été difficile de contester ce point : dix ans, c'était la durée d'un mandat de ministre des affaires étrangères à Jukrat.

— Bon. Dix ans, c'est entendu. Pas une seconde de plus, lâcha-t-il.

Au sourire de Tahir, Javid comprit qu'il venait de se faire rouler dans la farine. Non sans un soupir, il tourna la page et, cette fois, manqua s'étouffer.

— Une femme ? coassa-t-il, scandalisé. Non seulement tu exiges que je me marie, mais en plus tu as déjà choisi ma future épouse ?

Lorsqu'il releva la tête vers l'écran, il s'aperçut que son frère ne souriait plus.

— Je regrette, mais cette clause n'est pas négociable, Javid. Le Conseil s'est montré intraitable sur ce point, malgré mon désaccord. La veille de ton couronnement, qui aura lieu dans trois semaines, tu seras officiellement fiancé à la cousine de la défunte reine.

2.

Après les obsèques royales, la colère vint se mêler au chagrin d'Anaïs Dupont.

Il y avait d'abord eu le choc. Le déni. Puis les nuits à tremper son oreiller de larmes, oppressée par un sentiment de solitude absolue avec la certitude qu'elle ne reverrait jamais plus Yasmine.

Ce jour-là, devant tant d'injustice, elle était en proie à une rage sourde. Rien n'expliquait la disparition d'une jeune femme et d'un bébé qu'elle ne connaîtrait jamais.

Plus que tout, elle en voulait aux huissiers du palais royal de Riyaal de lui avoir transmis une nouvelle inadmissible, trois jours après les funérailles : son retour en France lui était interdit « sur décision collégiale du Conseil royal ». Sans autre forme de procès : ni explications, ni signatures !

Qui avait voté cet invraisemblable avis ? De quel droit l'empêchait-on d'aller et de venir à sa guise ? Elle avait tempêté tant et si bien qu'un attaché ministériel avait consenti à l'informer qu'elle devait se voir attribuer « un nouveau rôle ». Quand ? « Bientôt. »

Visiblement, tout le monde s'accordait à penser qu'elle n'avait rien de mieux à faire qu'attendre, assise dans son salon, qu'on ait l'obligeance de lui en dire davantage !

Bon, d'accord, en tant que demoiselle de compagnie de sa cousine depuis deux ans, elle n'avait pas accompli grand-chose d'autre. Quelques tâches de secrétariat et de communication incombaient à la titulaire de la charge, mais dans la mesure où Yasmine ne tenait guère à être autre chose qu'une reine d'apparat… Au début, Anaïs avait tenté la convaincre de s'engager dans une action qui aurait du sens : en tant que porte-parole d'un fonds humanitaire, marraine des artistes du royaume ou fondatrice d'une réserve naturelle… Malheureusement, Yasmine n'avait pas été intéressée. Elle accueillait d'un profond soupir toute forme d'obligation. De bonne grâce, elle accompagnait le roi Adnan lors des réceptions et des inaugurations où la présence de la reine était requise. Ensuite, elle revenait à l'oisiveté comme à un état naturel. De toute évidence, loin de s'en lasser, elle était ravie de passer commande auprès de ses couturiers et de bavarder avec ses amies devant un cocktail multicolore surmonté d'un parapluie en papier… tous les jours, toute l'année.

En fait, Yasmine avait été follement heureuse d'apprendre qu'elle attendait un bébé. Elle se serait certainement épanouie dans son rôle de mère. Chaque fois qu'Anaïs revoyait le sourire de sa cousine posant une main sur son ventre encore plat, elle avait des sanglots dans la gorge.

Désormais, il lui arrivait de regretter d'être venue ici. D'avoir prévu un séjour, le temps d'un week-end, au palais royal de Riyaal et d'y être restée au lieu de rentrer en France.

Deux ans auparavant, Anaïs avait pris l'avion depuis Paris pour présenter en personne ses condoléances à Yasmine. Elle aurait pourtant pu écrire à sa cousine pour lui dire à quel point elle regretterait sa mère – sa tante. D'autant plus qu'elle n'avait pas revu cette belle Riyaalienne au tempérament joyeux après les vacances d'été de son enfance à Aix-en-Provence.

Au lieu de réfléchir, quand la jeune souveraine lui avait offert le rôle de dame de compagnie, Anaïs s'était précipitée. Sur le moment, à ses yeux, c'était le meilleur moyen de fuir le souvenir de Pierre. C'était aussi l'occasion rêvée de vivre à l'étranger, de connaître le pays de sa mère. Mais aurait-elle été si prompte à signer son contrat si elle avait su qu'elle passerait ses journées à prendre le thé devant une assiette de macarons, à écouter des ragots et à consoler Yasmine, inquiète de sentir monter la colère de la population contre son mari ?

Car même si Anaïs avait abandonné son poste en tant que chef du service de communication d'un grand groupe français, elle savait qu'Adnan, le roi de Riyaal, se révélait être un souverain désastreux pour son pays.

Aussi avait-elle été soulagée d'apprendre que le royaume voisin, très bien géré par le cheikh Tahir al-Jukrat, envoyait un « conseiller spécial » de renommée internationale afin de restaurer l'ordre et le calme au sein à Riyaal.

Génie de la diplomatie, ce personnage était également précédé d'une réputation de play-boy dont Anaïs eut l'occasion de vérifier la véracité.

Dès le tout premier dîner d'État organisé pour l'accueillir, elle l'avait regardé faire tomber comme des mouches toutes les femmes présentes à table. C'était incroyable : ses œillades appuyées, ses petits sourires arrogants et sa confiance en soi mielleuse, loin de rebuter les invitées, agissaient comme un sortilège !

Sauf sur elle, bien sûr.

Entre aplomb et mépris, Anaïs avait conservé toute la distance nécessaire avec Javid al-Jukrat pendant près d'un an et demi. Fort heureusement, elle n'avait pas eu à subir sa présence chaque jour : occupant une fonction assimilable à celle d'un premier ministre, il travaillait nuit et jour, et s'était fait rare dans les salons du palais royal.

Néanmoins, il suffisait qu'elle entende son nom pour se sentir irritée. Les play-boys de cette espèce étaient précisément la raison pour laquelle elle avait quitté la France. Oui, c'était à cause d'eux qu'elle avait accepté une place où elle se retrouvait condamnée à ne rien faire… Parce qu'il lui fallait cette distance et ce changement de décor pour qu'elle parvienne enfin à panser ses blessures, à oublier Pierre.

Et tout cela parce qu'elle avait été assez idiote pour se croire capable de changer un homme ! De le délivrer de sa nature profonde par la seule force de son amour. Amour platonique, de surcroît. Si Anaïs ne s'était pas servie de son corps, ce n'était pas parce qu'elle était menue et plate, et que Pierre aimait les femmes aux courbes voluptueuses – il lui avait juré qu'elle était la plus belle à ses yeux. Elle avait été convaincue de pouvoir faire de lui un casanova repenti grâce à sa seule intelligence, sans user de la sexualité… Oui, Anaïs la dévouée avait poussé la naïveté jusque-là !

Anaïs la pragmatique. Anaïs l'ennuyeuse.

Elle ferma les yeux pour repousser le plus loin possible le souvenir de leur dernière rencontre, puis se remit à tourner en rond dans sa suite – son appartement de fonction en tant que dame de compagnie.

Il y avait deux heures qu'elle attendait. L'avion qu'elle avait espéré prendre s'était envolé. Au pis, sa voiture, cadeau d'Adnan et de Yasmine, dormait sagement au garage… Anaïs sourit. *De facto*, son emploi n'existait plus. Elle était adulte, donc libre : si elle le voulait vraiment, elle *pouvait* partir – au diable les conseillers et leurs stupides décisions.

En fait, c'était sa loyauté pour sa cousine qui la retenait : elle n'avait aucun désir de piétiner le précieux protocole auquel ils étaient tellement attachés, Adnan et elle. Et puis, ces derniers jours, le chagrin avait tout absorbé. Elle n'avait pas réfléchi à ce qu'elle désirait faire ensuite. À la vérité, elle n'en avait pas la moindre idée.

Durant quelques instants, l'anxiété chassa la colère. Bien qu'elle refusât de prêter trop d'attention aux bruits qui couraient au palais royal, difficile d'ignorer la rumeur selon laquelle l'accident n'en aurait pas été un. L'hélicoptère aurait été saboté…

Elle frémit, refusant de croire à un attentat aussi abominable. De toute façon, le fameux Javid al-Jukrat avait effectivement accompli le prodige d'éteindre les tensions internes au royaume et d'y ramener confiance et prospérité. Visiblement, en ce qui le concernait, tout était vrai : le comportement scandaleux comme la maestria politique. Ministres, délégués étrangers, chefs d'entreprise, tous à Riyaal avaient salué son passage aux affaires comme une pleine réussite, avant qu'il retourne chez lui, au royaume de Jukrat dont il était prince…

Anaïs fronça soudain les sourcils. Pourquoi cet individu revenait-il régulièrement dans ses pensées ?

Comme on frappait à la porte d'entrée de sa suite, elle traversa le salon à grandes enjambées, prête à accueillir avec des termes bien choisis le fonctionnaire qui osait la faire attendre depuis si longtemps.

— Ah ! enfin ! lança-t-elle d'un ton pincé. Il va vraiment falloir vous expliquer, maintenant, sinon…

Tandis que tout son sang refluait de son visage, elle sentit la suite de sa phrase mourir sur ses lèvres et leva les yeux vers la haute et imposante silhouette masculine plantée dans l'encadrement de la porte.

Il était tellement grand qu'il en occupait tout l'espace.

Lui.

L'insupportable play-boy. Le diplomate. Le prince de Jukrat.

En croisant son regard intense d'une teinte chaude de miel, elle frissonna. Ce n'était pas la première fois qu'elle se trouvait sous l'empire de ces longs yeux en amande surmontés de sourcils noirs et sévères. Le visage de cet homme semblait avoir été sculpté par un maître de la Renaissance italienne tant ses traits étaient fins et virils à la fois. Son épaisse chevelure noire donnait envie d'y glisser les doigts, les proportions de son front haut et lisse répondaient harmonieusement à celles de son nez très droit et de ses pommettes saillantes. Sa bouche épaisse, ourlée, sensuelle, exerçait sur elle un pouvoir hypnotique.

À trente ans tout juste, il essayait de dissimuler sous un costume occidental la perfection de son corps athlétique… mais il était impossible de ne pas admirer la largeur de ses épaules, la longueur de ses jambes, la force de son torse. Il irradiait de charisme.

— Sinon quoi, mademoiselle Dupont ?

Le ton moqueur de son visiteur la ramena aussitôt sur terre. Ainsi que son sourire. Un sourire satisfait. Prétentieux. *Séducteur.* Le sourire d'un homme habitué à tout obtenir avec.

Hélas ! comme il se trouvait tout près, elle fut également assaillie par les effluves de son parfum. Une alliance de musc et de vanille épicée qui lui monta immédiatement à la tête et qu'elle parvint, non sans efforts, à neutraliser en fixant son attention sur la coupe de son costume italien, le raffinement de ses derbies en cuir roux. Même au sein du palais royal, rares étaient les membres du gouvernement et les dignitaires à se vêtir avec tant d'élégance.

Il était trop tard quand elle se ressaisit : elle réalisa

qu'il y avait trop longtemps qu'elle se tenait immobile et bouche bée devant lui.

— Suis-je en droit d'espérer une réponse ? enchaîna-t-il avec une expression hilare. Ou bien allez-vous me frapper ? Vous ne cachez pas une épée derrière votre dos, j'espère. Il faut que j'appelle à l'aide ?

Il désigna d'un geste les soldats de la garde royale postés derrière lui, dans le couloir. Anaïs fronça les sourcils. D'ordinaire, ils ne se trouvaient que sur le passage du roi ou de la reine.

— Qu'est-ce qu'ils font là ? demanda-t-elle.

— Vous me laissez entrer ? répliqua-t-il.

— Mais… Et vous, qu'est-ce que vous faites ici ? protesta-t-elle. Vous avez dû vous tromper de porte : ici, c'est chez moi. Vous êtes devant ma suite.

— Oui, j'en suis bien conscient, mademoiselle Dupont.

Sa réponse la décontenança.

— Je regrette, mais j'ai rendez-vous. J'attends la visite d'un représentant du Conseil qui doit me donner une information. Ensuite, je m'en vais.

— Tiens donc. Et où cela ? demanda-t-il en fixant son regard au sien.

Toute trace de moquerie ou d'amusement avait disparu de son visage.

— En France, si vous tenez à le savoir, répondit-elle. L'avion que je devais prendre est parti il y a une heure. Je n'ai pas l'intention de rater le prochain.

— Aucun risque, rétorqua-t-il avec un petit ricanement.

Profondément irritée, Anaïs le fusilla du regard.

— Je peux savoir ce que vous entendez par là ?

Comme elle venait de lâcher la poignée de la porte pour croiser les bras sur sa poitrine, il avança d'un pas.

Elle recula ; il entra.

— Je ne me rappelle pas vous avoir invité ! s'offusqua-t-elle.

— Eh bien, j'espère qu'un jour vous me pardonnerez cette goujaterie, répliqua-t-il en traversant le salon pour aller s'installer sur le canapé.

Désignant le fauteuil en face, de l'autre côté de la table basse, il lui ordonna :

— Asseyez-vous, mademoiselle Dupont.

Il ne lui avait jamais adressé la parole auparavant. Enfin si, bien sûr, au dîner très officiel donné à son arrivée, par obligation protocolaire. Mais depuis, comme si chacun savait que l'autre appartenait à une espèce animale ennemie, chaque fois qu'ils s'étaient croisés dans un couloir, ils s'étaient ignorés. Pas un bonjour, rien. Ce qui convenait parfaitement à Anaïs.

L'irruption de cet homme dans son salon n'en était que plus inexplicable. Pourtant elle lui obéit, se calant dans son fauteuil de sorte à se situer le plus loin possible de lui.

— Il y a à peine quelques jours que nous avons mis en terre votre malheureuse cousine, observa-t-il. Pourquoi êtes-vous si pressée de partir ?

C'était une façon à peine voilée de l'accuser de manquer de sensibilité. Anaïs sentit sa mâchoire se crisper. Quel mufle !

— J'ignorais que mes activités pouvaient retenir votre intérêt, rétorqua-t-elle. Ou que je devais calquer mon deuil sur le modèle que vous avez en tête.

Loin de paraître irrité par son insolence, son interlocuteur planta un regard inquisiteur dans le sien.

— Vous étiez dame de compagnie, c'est bien cela ? Les ressources humaines du Palais précisent que vous occupiez la fonction de confidente auprès de feu la reine. C'est bien cela ?

— Pourquoi me demandez-vous de confirmer ce que vous savez déjà ? riposta-t-elle, mal à l'aise.

Très décontracté, il hocha les épaules.

— Je suis seulement étonné que vous souhaitiez vous envoler si vite pour ailleurs. Vous avez réussi à décrocher en si peu de temps un autre poste où vous tourner les pouces ?

Anaïs se promit intérieurement que si ses joues étaient en feu, c'était sous l'effet de la colère. Seulement de la colère.

— Êtes-vous venu chez moi dans le seul but de m'insulter, Votre Altesse ?

— Vous avez passé suffisamment de temps ici pour apprendre que tout se joue sur les apparences, répondit-il avec sang-froid.

Anaïs haussa les sourcils.

— Ah ! Dans ce cas, puis-je savoir ce que vous faites *apparemment* ici ?

Cette fois, son hôte prit le temps de pousser un long soupir et d'abandonner ses rictus sarcastiques pour annoncer d'un ton grave :

— Que ce soit bien clair : c'est avec moi que vous aviez rendez-vous. J'ai personnellement inscrit notre entretien à mon agenda.

Anaïs devait admettre que le nom de la personne censée lui en dire davantage sur son éventuel avenir professionnel au palais ne lui avait pas été communiqué.

— Très bien, dit-elle poliment. En quel honneur ?

— En tant que confidente, je présume que vous êtes capable d'observer une totale discrétion, nota-t-il avec un mélange de provocation et de moquerie qui réveilla sa colère.

— Je ne saisis pas très bien la raison qui vous pousse à venir chez moi pour tenter de me ridiculiser, déclara-t-elle froidement. C'est votre façon de traiter toutes les femmes qui ne tombent pas d'adoration à genoux devant vous ?

Un frisson très désagréable la parcourait, passant jusque dans son bas-ventre, tandis qu'elle fixait malgré elle la moue amusée sur ses lèvres charnues, ourlées, sensuelles. Elle n'avait pas besoin de ce rappel à sa condition d'être humain sexué... Car oui, même si elle était toujours vierge à vingt-sept ans, il lui arrivait d'éprouver du désir.

— Je me contente de définir quel a été votre rôle au palais jusqu'ici, répondit-il avec calme.

Anaïs tourna patiemment sa langue dans sa bouche afin de recouvrer le sien. Puis, elle plaqua un sourire hypocrite sur son visage.

— Je vois, merci. Mais je vous repose la question : en quel honneur ?

— Parce que celui que vous êtes appelée à tenir risque de se révéler un peu plus complexe qu'avoir une discussion sur la *fashion week* autour d'un cake au citron, lâcha-t-il.

— Dans ce cas, je vais vous faciliter la tâche, Votre Altesse : je ne veux pas d'un nouveau poste. Mes valises sont prêtes, et je pars dès cet après-midi.

— Il est facile de défaire des valises, observa-t-il.

Il fallut une seconde à Anaïs pour percevoir la note menaçante dans cette phrase apparemment innocente. Et quand le prince de Jukrat se leva du canapé pour faire quelques pas dans le salon, se poster près de la fenêtre et prendre un air grave, elle sentit sa tranquillité s'évaporer. À la place, une fébrilité incontrôlable l'envahit. Ce fut pire encore lorsqu'il se dirigea vers elle, arrimant au sien un regard tellement hypnotique que son cœur battit à coups redoublés.

À son tour, elle se leva, comme pour l'empêcher d'approcher davantage.

— Le communiqué officiel tombera demain matin, enchaîna-t-il, mais je suis venu ici pour vous informer que de conseillère en thés à la rose ou au bleuet, vous êtes élevée au rang de reine de Riyaal.

Ces mots provoquèrent une telle déflagration dans son cerveau qu'elle fut assourdie par un bourdonnement.

— Je… quoi ? hoqueta-t-elle.

C'était absurde. Impossible. Il n'avait pas dit cela. Elle avait mal compris. Car cela n'avait strictement aucun sens !

— Mais si c'est possible, reprit-il.

Il avait lu sur ses lèvres. Elle était tellement abasourdie qu'elle avait marmonné sans s'en rendre compte.

— Bien sûr que non, lui assura-t-elle d'une voix ferme. Vous faites erreur, je ne peux pas être reine.

— Désolé. C'est déjà décidé, répondit-il avec son insupportable petite moue.

Cette bouche trop attirante qu'elle ne voulait plus voir !

— C'est vrai, vous en êtes désolé ? Dans ce cas, débrouillez-vous pour revenir sur cette décision. Je ne *peux pas* être reine.

— C'est le Conseil qui a voté en ce sens, précisa-t-il. Le Conseil des Sages. Le décret est promulgué…

— Eh bien, dépromulguez-le ! s'écria-t-elle, comme elle sentait la panique s'infiltrer en elle.

Elle devait rêver… Ou c'était une mauvaise plaisanterie.

— Vous semblez croire que vous avez votre mot à dire dans cette histoire, lança-t-il sans cacher son amusement.

Elle percevait aussi le cynisme et la résignation dans sa voix.

— Il ne s'agit pas d'un concours de beauté, mademoiselle Dupont ! Dans ce cas précis, on ne peut pas se rabattre sur la dauphine si l'élue n'est pas disponible. La liste des candidates ne comportait qu'un nom : le vôtre.

Anaïs blêmit. Cette fois, elle avait peur. Très peur.

Sa chambre était attenante au salon, et elle s'y précipita pour attraper son sac. Elle avait les jambes en coton, mais elle se débrouilla pour traîner également sa valise à roulettes derrière elle. Elle posa le tout à l'entrée de la suite, avant de se retourner vers son visiteur.

Le prince de Jukrat et ses déclarations démentes.

Il était toujours là.

— Vous croyez toujours rentrer en France ? demanda-t-il d'un ton incrédule.

— C'est l'immense avantage de vivre au XXIe siècle, Votre Altesse ! répliqua-t-elle, cinglante. Je suis libre. Dites à vos amis du Conseil de se trouver une autre reine parce que moi, que cela leur plaise ou non, leur nouveau job, je-n'en-veux-pas !

À sa grande surprise, il sourit avec compréhension.

— Oui, c'est une chanson que vous n'êtes pas la seule à interpréter ces temps-ci, dit-il avec fatalisme. Hélas pour nous ! cela ne change pas grand-chose.

D'un pas décidé, il vint s'adosser à la porte d'entrée, lui barrant le chemin.

— Pour moi, si. Maintenant, Votre Altesse, j'apprécierais que vous débarrassiez le plancher sur-le-champ, asséna-t-elle en le fusillant du regard.

Le prince haussa les sourcils, émit un sifflement appréciateur et conclut :

— Eh bien, au moins, nous ne risquons pas de nous ennuyer !

L'emploi répété du pronom « nous » déclencha un signal d'alarme au fond de son cerveau, et Anaïs éprouva le besoin de dissiper un doute.

— Pourquoi vous a-t-on chargé de me délivrer ce message ? Je sais bien qu'Adnan était votre cousin, mais…

— Mais quoi ?

— Mais les funérailles sont passées, conclut-elle sèchement. Vous n'êtes pas attendu ailleurs ? Là d'où vous venez, par exemple ?

Le prince resta de marbre.

— Il se trouve que ma présence est requise ici. Elle y est même indispensable.

Ce dernier mot déclencha de plus belle le bourdonnement dans sa tête. Anaïs éprouva un malaise qu'elle surmonta néanmoins pour demander timidement :

— S'ils ont choisi une reine… Ils ont nommé un roi aussi, non ?

Il ne répondit pas.

— Votre Altesse ?

Le regard qu'il lui décocha alors lui parut vide. Dénué de toute émotion.

— Javid, dit-il. Quand nous serons seuls, en tête à tête, appelez-moi Javid, s'il vous plaît.

Une nuée de papillons passa dans son ventre, tandis que le vertige revenait. Elle avait la tête comme un ballon.

— Mais… Pourquoi serions-nous appelés à nous retrouver seuls ? murmura-t-elle, terrifiée à la perspective d'entendre la réponse à cette question.

Son visage demeura solennel.

— Parce que, comme vous l'avez compris, le Conseil a également choisi le nouveau souverain de Riyaal.

Le cœur d'Anaïs cessa de battre. La vérité qu'elle refusait de regarder en face se peignait sur chaque trait du visage du prince.

— Vous me permettez d'aller droit au but et d'écourter ce suspense ? reprit-il. Dans dix jours aura lieu mon couronnement en tant que roi de Riyaal, puis le vôtre, mademoiselle Dupont, en tant que reine.

3.

Javid aurait dû se sentir profondément insulté par l'expression d'horreur qui déforma peu à peu le visage de la demoiselle de compagnie.

Secouant la tête, elle parvint à exprimer une force de rejet sidérante en ne prononçant qu'une seule syllabe :

— Non.

Il serra les dents. L'irritation qu'elle lui inspirait était à peu près la même que le soir du dîner d'État, à son arrivée. À peine la lui avait-on présentée qu'elle l'avait ignoré, avec un mépris très ostentatoire et d'une constance inouïe.

Une attitude qu'elle avait conservée par la suite, chaque fois qu'ils s'étaient croisés.

Javid avait, fort heureusement, eu d'autres chats à fouetter que les humeurs d'Anaïs Dupont. À l'époque ; car désormais il s'agissait d'une priorité. Non seulement elle refusait tout net de devenir reine, mais elle avait de surcroît l'air épouvantée à la perspective de l'épouser.

Devait-il aborder ce nouveau chapitre de sa vie comme un défi ?

— Oui, murmura-t-il en plongeant son regard dans les yeux bleu-vert de la Française.

À sa demande, les sages du Conseil l'avaient autorisé à transmettre lui-même la nouvelle à l'intéressée. Parce que cela représentait déjà un challenge. Parce qu'il adorait se frotter aux enjeux diplomatiques les plus inhabituels. Parce que la situation était délicate et qu'il valait mieux l'aborder avec un gant de velours.

Ce qu'il s'était bien gardé de faire, pourtant. Au contraire, il s'était introduit sans cérémonie dans cet appartement, avec ses plus gros sabots. Pourquoi ? Eh bien… Elle l'avait énervé. Pour commencer, n'avait-elle pas refusé de le laisser entrer ? À quand remontait la dernière fois qu'il s'était vu repousser par une femme ? Ce n'était peut-être même jamais arrivé…

— Vous connaissez le protocole, non ? reprit-il. Vous savez qu'en l'absence d'héritier direct, la nouvelle souveraine doit être parente de la défunte.

D'un air absent, elle hocha la tête. Au ralenti. Elle avait l'air d'un lapin pris dans la lumière de phares. Sa longue chevelure brune, toute lisse, glissa davantage de l'élastique de son chignon.

Javid lutta contre un élan spontané – y enfouir les doigts. Au moment où il en prit conscience, il serra les poings. Bon sang ! quelle mouche le piquait ? Il pensait avoir satisfait ses besoins pour un moment en compagnie de blondes et de rousses plantureuses, en Californie…

La situation ici était trop nouvelle. Déstabilisante. Oui, c'était la transition qui était difficile à vivre, songea-t-il.

— Et comme vous le savez aussi, Yasmine n'avait pas de frères et sœurs. Seulement une cousine : vous. Par conséquent, en vertu des termes de la loi de Riyaal, vous seule pouvez lui succéder.

La jeune femme semblait pétrifiée. Elle ne bougeait plus.

Dans son élégant tailleur en tweed noir et blanc, tenue iconique d'une grande maison de couture parisienne, elle n'inspirait qu'austérité. Du moins, au premier regard. En réalité, Mlle Anaïs Dupont avait un visage en forme de cœur plutôt avenant, un petit nez, une bouche naturellement pulpeuse et un regard difficile à ignorer. La couleur singulière de ses yeux, qui passait insensiblement du bleu myosotis au turquoise, se révélait captivante.

Impossible, toutefois, de deviner les contours de son corps mince sous son ensemble, même si Javid appréciait la longueur de ses jambes et la finesse de ses chevilles. Dommage qu'elle ait préféré de sages mocassins vernis à des escarpins qui les auraient mieux mises en valeur, jugea-t-il.

Comme elle avait à peine trois ans de moins que lui, ils aborderaient cette épreuve dotés d'une expérience de la vie à peu près équivalente, et c'était l'un des très rares points positifs de leur situation.

Le parfum de la Française commençait à lui chatouiller les narines. D'ordinaire, il préférait les essences fruitées, mais ces effluves de lilas l'intriguaient.

— Il existe *forcément* une voie de recours, plaida-t-elle d'une voix à peine audible. Un plan B. Forcément.

— Pourquoi faites-vous comme si vous veniez d'être condamnée à la prison à perpétuité ?

Sortant enfin de son engourdissement, elle lui décocha un regard méfiant.

— Libre à vous de sauter à pieds joints dans les pantoufles encore chaudes de votre cousin, mais permettez-moi d'être moins pressée que vous de remplir un rôle qu'une autre honorerait infiniment mieux !

Furieux d'être traité d'arriviste à demi-mot, il s'exclama méchamment :

— Vous plaisantez ? Après toutes ces années à ne rien faire, vous pensez que vous n'êtes pas prête ?

— Quelle médisance ! Loin de « ne rien faire », je

fournissais constamment secours, écoute et soutien à ma cousine ! se défendit-elle.

En stratège accompli, Javid prit note au passage des leviers à actionner la prochaine fois qu'il voudrait la faire sortir de ses gonds.

— Je ne vois pas de quoi vous vous inquiétez, dans ce cas, répondit-il en haussant les épaules. Vous pourrez faire exactement la même chose que la précédente souveraine. Après notre mariage et le double couronnement, je ne vous demanderai rien d'autre que de manifester un minimum d'intérêt à votre peuple de temps à autre.

Visiblement touchée par ce discours, elle recula d'un pas. Elle était tellement livide qu'un instant il crut qu'elle allait s'effondrer.

Mais elle planta un regard assassin dans le sien pour déclarer :

— J'ignorais que vous étiez dur d'oreille, Votre Altesse. Il n'y aura pas de mariage. Je ne serai pas couronnée, et je ne deviendrai jamais reine. Trouvez-en une autre.

— Ah ! Un défi, répliqua-t-il avec gourmandise. Je ne sais pas ce que je préfère : la conquête de la reine récalcitrante ou la victoire par sa capitulation…

Il secoua la tête avant d'ajouter :

— Plus sérieusement, je vous suggère de vous accoutumer à la situation. Le plus tôt sera le mieux. Notre mariage sera annoncé demain, et la cérémonie aura lieu avant la fin du mois. Si ce n'est par respect du peuple et de ce royaume, consentez-y au moins par gratitude et par loyauté envers Yasmine.

Sur ces mots, il sortit.

Elle allait être reine.

Reine.

Depuis deux semaines, Anaïs tentait de faire assimiler

cette réalité inévitable à ce qui lui restait de raison, de conscience, de santé mentale.

Mais de toute sa vie, même quand elle était petite fille, pas une minute elle n'avait désiré avoir pour responsabilité la sécurité et le bonheur d'une nation.

Certes, après la mort de Yasmine, elle s'était demandé ce qu'elle ferait. Non seulement elle ne tenait guère à chercher une place similaire auprès d'une quelconque princesse en mal de confidente dans une principauté européenne, mais en plus elle trouvait que la ligne « Demoiselle de compagnie » n'était guère flatteuse dans son CV. Non, elle n'avait pas frémi d'impatience à l'idée de retrouver la France, mais au moins elle savait ce qui l'y attendait : une transition normale, une déprime normale, la recherche d'un emploi normal.

Alors que maintenant… C'était le saut dans l'inconnu.

Reine ! Elle !

Les trois premiers jours après la visite de Javid, elle avait fait le siège du Conseil, en harcelant chaque membre, les menaçant et les suppliant tour à tour de trouver une autre solution. En bonne communicante, elle avait établi une liste d'arguments imparables. Elle n'était pas née dans ce pays qu'elle connaissait mal, elle n'avait pas suivi de cursus de sciences politiques et, dépourvue du charme et du sex-appeal de sa cousine, jamais elle ne saurait se faire apprécier de la population.

Autant de coups d'épée dans l'eau, car les sages lui servaient sempiternellement la même et réponse : « Vous apprendrez. »

Peu à peu, hélas ! une évidence l'avait frappée : il n'y avait personne d'autre qu'elle. Avait-elle le droit de manquer à ce point de fidélité morale à Yasmine ?

Comme les jours passaient, des conseillers faisaient

leur apparition. Son agenda se remplissait, elle devait s'entretenir avec des avocats, des secrétaires, des attachés de presse. Alors qu'elle cherchait encore une échappatoire, la dernière semaine, une foule de couturières et de créateurs arrivèrent de Paris, de Milan et de New York afin de préparer ses tenues pour les noces et le couronnement ainsi que sa future garde-robe.

Anaïs traversa l'antichambre au bout de ses nouveaux appartements pour ouvrir la grande porte-fenêtre. Dans la mesure où elle avait refusé tout net de s'installer dans la suite de sa défunte cousine, on l'avait logée dans le seul appartement royal disponible, en face de celui de Javid. Coup de grâce : il existait même une porte de communication entre les deux !

De toute façon, elle n'avait guère le choix : il lui fallait fermer les yeux sur tout ce qui lui déplaisait et serrer les dents en attendant le retour de Javid, parti en mission diplomatique.

Il rentrait ce jour-là. En fin d'après-midi, elle le verrait. Une mise au point s'imposait, et malgré le ton vif qui avait caractérisé leur première et dernière conversation en date, elle avait bon espoir d'obtenir à peu près tout ce qu'elle espérait. Car il s'agissait d'un mariage de raison, arrangé de façon strictement administrative. D'un contrat. Dans l'intérêt du pays et de sa population : rien de plus, rien de moins.

Passant sur la terrasse, elle emplit ses poumons d'air pur et chercha à se redonner du courage. Elle en avait besoin.

L'annonce du couronnement de Javid en tant que nouveau souverain de Riyaal avait provoqué une vague d'approbation inattendue. Tous les sondages réalisés depuis confirmaient sa forte popularité. En revanche, le nom de la nouvelle reine était loin de susciter le même engouement.

Très en retrait du pouvoir, Yasmine n'avait pas souffert de la disgrâce tombée sur Adnan deux ans auparavant, et la mort de cette jeune reine toujours souriante, qui portait le premier enfant du couple, avait suscité beaucoup d'émotion.

Anaïs en perdait le sommeil : et si elle était incapable d'offrir un peu de bonheur à ses sujets ?

— Veuillez me pardonner de vous importuner, Madame, mais nous ne pouvons poursuivre sans votre validation du choix des papiers…

Anaïs se força à ne pas lever les yeux au ciel et sourit avec gentillesse à l'administrateur du palais chargé de tenir le rôle de grand organisateur du mariage.

Après avoir jeté un coup d'œil aux différents cartons – invitations, menus, étiquettes –, elle pensa à Yasmine.

Oui, elle allait faire de son mieux pour la durée de sa mission en tant que reine, mais la définition précise de cette durée serait l'enjeu central de sa discussion avec Javid.

— Euh… Je choisis le papier ivoiré et la typographie bleu nuit. Veuillez noter que nous utiliserons le service de coutellerie du XVIIIe siècle au banquet de couronnement, ajouta-t-elle.

Son expérience dans la communication lui était précieuse et, durant les heures qui suivirent, elle se consacra aux préparatifs, entourée d'une armée de spécialistes.

Faiza, qui lui était assignée en tant que secrétaire particulière et première dame de compagnie, rôle qu'Anaïs exerçait encore elle-même quelques semaines auparavant, vint vers elle en souriant. À près de quarante ans, athlétique et vive, elle avait exercé plusieurs fonctions au palais royal au cours des vingt années précédentes, et Anaïs l'avait choisie pour son expérience.

— Il ne reste plus qu'un rendez-vous à votre agenda aujourd'hui, Madame. Le thé avec Son Altesse.

— Le thé ? répéta-t-elle, étonnée. Je pensais le voir ce soir.

— Son secrétaire m'a appelée pour avancer votre entrevue, expliqua-t-elle.

Comme Anaïs ne répondait pas, elle ajouta d'un ton très hésitant :

— Mais si vous préférez, Madame, je peux… rappeler.

De toute évidence, cette perspective l'épouvantait, et Anaïs n'eut pas le cœur de lui infliger ce supplice.

— Non, inutile. Je vais prendre le thé avec lui, c'est entendu.

Anaïs n'était pas dupe de la manœuvre. De la part de ce monstre d'arrogance, il s'agissait de lui faire savoir – sans subtilité, d'ailleurs – qu'il était le seul et unique était maître des horloges.

Après tout, pensa-t-elle un quart d'heure plus tard quand elle fut enfin seule, cela lui était égal : seule comptait cette mise au point. En passant dans le dressing six fois plus grand que le studio qu'elle occupait autrefois à Paris, elle s'arrêta devant le miroir. Son chemisier en soie était encore frais, de même que son ensemble, veste ceinturée sur jupe crayon, d'un grand créateur français.

Après avoir passé une main sur sa nuque pour vérifier son chignon, elle se dirigea vers sa superbe coiffeuse à miroir professionnel, encadré d'ampoules, et rectifia son maquillage. Ignorant le tremblement de sa main, elle se limita à une touche de gloss rose sur les lèvres. Non, ce n'était pas Javid qui provoquait ce trac. C'était le fait de rendre sa décision assortie de ses conditions, au terme d'une réflexion mûrie.

Malgré la véhémence de cette dénégation, elle sentit un picotement électrique dans ses jambes, comme ses talons claquaient sur le marbre de l'escalier menant au bureau de Javid.

De jour en jour, elle s'habituait à la petite révérence du personnel qu'elle croisait, au salut formel des gardes à son passage.

Un secrétaire d'une trentaine d'années, qu'Anaïs avait aperçu plusieurs fois derrière Javid, l'accueillit en s'inclinant.

— Son Altesse termine un appel téléphonique. Voulez-vous me suivre et l'attendre ?

Elle hocha la tête et emboîta le pas de l'employé. Celui-ci l'invita à s'installer au fond de l'immense bureau, dans le coin salon. Plusieurs fauteuils et banquettes de style jukratien entouraient une table basse où trônaient un service à thé et un plateau de pâtisseries.

À peine fut-elle installée que, de l'autre côté de la pièce, Javid pivota sur son siège, lui révélant, dans leur pureté presque irréelle, ses traits dignes d'un portrait préraphaélite. Jamais ses yeux de félin n'avaient été plus flamboyants. Le combiné pressé contre l'oreille, il parlait en mandarin, et il la salua en opinant du chef – un geste désinvolte, très loin du protocole en vigueur au palais royal.

Malgré cela, la violence de l'onde qui la transperça fut telle qu'elle ne put se réfugier dans un mensonge. Si irritant et méprisable qu'il était, cet homme exerçait sur elle un pouvoir diabolique.

Oh ! bon sang ! Elle n'avait donc pas retenu la cruelle leçon que lui avait donnée Pierre !

4.

Serrant les dents, Anaïs resta immobile tandis que l'employé se chargeait du service.

— Madame préfère-t-elle du thé ou du café ?

— Du thé, répondit-elle. Avec un nuage de lait, sans sucre. Merci.

Jamais elle ne parviendrait à se sentir à l'aise en présence de cet homme. Alors qu'une distance d'au moins quinze mètres les séparait, elle avait l'impression d'être assise sur un gril.

Mais n'était-ce pas le but recherché ? se demanda-t-elle en rassemblant ses esprits. Javid poursuivait sa discussion avec son interlocuteur chinois comme si elle n'était pas là. Or, c'était *lui* qui avait avancé leur entretien.

Oui, elle voyait clair dans son jeu, ce qui l'aiderait à se montrer plus imperméable à son charisme infernal. Et puis, lui rappela sa conscience, elle n'était pas venue se battre en duel. Il fallait qu'elle parvienne à rester elle-même, à ne pas perdre de vue ses objectifs.

Après l'avoir fait languir encore une vingtaine de minutes, il consentit enfin à la rejoindre. L'employé sortit tandis qu'elle était hypnotisée par la mèche de cheveux noirs qui barrait le front de bronze de son hôte.

Le col impeccable de sa chemise blanche contrastait avec le teint d'or mat de sa peau, et elle retint son souffle pour ne pas être assaillie par les effluves ensorcelants de son parfum.

Installé face à elle, il prit la tasse de café que son secrétaire lui avait préparée et pointa du doigt le plateau de petits gâteaux européens mélangés aux pâtisseries orientales.

— C'est vraiment très aimable à vous de me rejoindre, ironisa-t-elle. J'ai cru que nous aurions finalement cet entretien ce soir, comme prévu à l'origine.

— Mangez quelque chose, proposa-t-il en ignorant sa remarque.

— Non, merci. Pourquoi ce thé ?

Il parut surpris par sa question. Puis il prit un air faussement blessé.

— Nous devions nous voir, passer en revue un certain nombre de sujets concernant les cérémonies à venir, et j'ai pensé que vous vous sentiriez plus à l'aise dans ce contexte. Vous n'appréciez pas ma démarche ?

Quelle entrée en matière ! songea-t-elle avec acidité.

Il était encore en train de se moquer de son activité de dame de compagnie. Devait-elle en conclure qu'elle avait affaire à un gamin ?

— Avant d'orienter ma carrière dans cette voie, répliqua-t-elle, il se trouve que j'ai dirigé un service de communication pour un grand groupe. Je sais ce que c'est qu'un désastre assuré. Et je pense qu'il est encore temps de rectifier le cap.

— Un désastre ! Rien que ça ! Quand on adopte d'emblée une attitude aussi défaitiste, on ne risque pas réussir, objecta-t-il.

— Je ne suis pas défaitiste. Je suis réaliste.

Il leva les yeux au ciel.

— Quel est le problème ? Les préparatifs du mariage ne se déroulent pas comme vous le souhaiteriez ?

— Nous avons à parler sérieusement, riposta-t-elle en le toisant d'un regard glacial.

— Je vous écoute. Tout problème a sa solution, répondit-il avec décontraction : Citez-m'en un seul qui vous paraisse insurmontable.

Anaïs n'avait pas l'intention d'omettre un seul élément de sa liste.

— Eh bien, par exemple… Yasmine était enceinte quand la tragédie s'est produite. Or, la population avait accueilli cette nouvelle avec enthousiasme. Comment comptez-vous répondre à son impatience de voir le nouveau couple royal suivre la même voie ?

Le visage de son interlocuteur s'allongea comme sous l'effet d'un coup violent, et il pâlit. Elle avait visé juste : le grand, le formidable génie politique Javid al-Jukrat, loin d'avoir pensé à tout, était pris en flagrant délit de négligence.

Après avoir observé un long silence, il reprit d'un ton austère :

— Les enfants ne sont absolument pas ma priorité, et je suppose que pour vous non plus. Nous devrons donc satisfaire le peuple de Riyaal par d'autres moyens.

Eh bien, si elle avait pu deviner qu'il serait tellement déstabilisé par ce sujet… Anaïs regarda discrètement son visage défait. Venait-il de lui signifier que ce mariage arrangé serait également une union chaste ? Pas de sexe ?

— Mais l'importance du défi qui nous attend ne doit pas nous empêcher de prendre du plaisir, chemin faisant, ajouta-t-il soudain.

Bon sang ! avait-il lu dans ses pensées ? Du « plaisir » ? Quel plaisir ? Paniquée, elle le regarda manger un petit gâteau et lâcha très vite, sur la défensive :

— Je… euh… Je vous demande pardon ? Je ne suis pas venue parler plaisir avec vous !

— Vous prononcez ce mot comme s'il était sale, *habibi*.

Comme elle se sentait rougir jusqu'aux oreilles, Anaïs fit mine de n'être pas troublée par son emploi d'un terme tendre signifiant « chérie », « trésor ».

— Votre Altesse…

— Javid, la reprit-il en arrimant son regard intense au sien.

Anaïs avait très chaud. Sous sa peau, des milliers de minuscules décharges électriques produisaient un effet très étrange. Elle se sentait fondre. Jamais elle n'avait éprouvé ces sensations avec Pierre, qui était pourtant l'homme avec qui elle avait désiré passer le reste de sa vie… Et qui était devenu l'homme qui l'avait mise au rebut, humiliée de la plus inhumaine des façons.

Rejetant ce souvenir malvenu, elle se raccrocha à son agenda et afficha un sourire aussi engageant que ferme.

— Très bien. Javid. Il y a plusieurs sujets que j'aimerais aborder avec vous, alors si nous pouvions nous concentrer sur ce qui importe vraiment au lieu de…

— Comment ? l'interrompit-il. Vous considérez que le plaisir n'est pas important ?

— Oui. Non. Qu'est-ce que ça peut faire ? lâcha-t-elle, exaspérée.

— Nous sommes sur le point de nous *marier*, lui rappela-t-il. Par ailleurs, vous avez rêvé si vous avez cru pouvoir faire de notre entretien un interrogatoire à sens unique. De mon côté, je n'aurais pas le droit de savoir à quoi m'en tenir ? Où en étiez-vous dans votre vie amoureuse avant l'accident ?

Sidérée, Anaïs resta coite, incapable de desserrer les dents.

— Je vous accorde une petite fenêtre de tir pour poser les questions que vous avez en tête, enchaîna-t-il d'un ton condescendant. Mais à condition que ce soit réciproque.

Cette fois, serrant les poings, elle parvint à répliquer :

— Inutile. Les tabloïds m'ont assez éclairée sur vos exploits, merci bien.

— Vous me décevez. Vous n'avez pas envie d'entendre la vérité de la bouche du principal intéressé ?

Anaïs croisa les bras sur sa poitrine en lui décochant une moue moqueuse.

Indifférent à son attitude, il glissa un doigt dans le nœud de sa cravate pour le desserrer.

— Tant pis pour vous. Sachez néanmoins que je tire un trait net et définitif sur toute liaison passée ou en cours avant nos noces. C'est la moindre des choses, et je compte sur vous pour me rendre la politesse. N'est-ce pas ?

Ha ha ha ! Très drôle !

Mieux valait en rire qu'en pleurer, mais elle ne ferait ni l'un ni l'autre, se promit-elle en cherchant comment ne pas lui dire la vérité : non seulement elle n'avait ni amant ni petit ami ces temps-ci, mais surtout elle n'avait encore jamais couché avec un homme.

— Il n'y a personne, répondit-elle avec sobriété.

Comme si ce sujet l'avait inquiété, il reposa sa tasse de café avec un soulagement visible et conclut :

— Bien. Parfait.

Anaïs posa également sa tasse vide sur la table et le considéra d'un air grave. Impatiente d'en venir à l'essentiel, elle enchaîna d'un ton ferme :

— Puisque ce sujet est réglé, c'est mon tour, d'accord ? Combien de temps durera notre arrangement, selon vous ?

Javid haussa les sourcils.

— Pardon ? lâcha-t-il, glacial.

— Les chefs d'État se succèdent, même s'ils sont rois et reines, et partout dans le monde, précisa-t-elle. J'ai donné mon accord à ce mariage parce que la situation l'impose, mais c'est provisoire. Et après ? Vous savez bien qu'aucune loi ne pourra me contraindre à rester ici. Alors je vous le demande : quand puis-je espérer retrouver ma liberté ?

Étant donné sa propre réaction lorsque Tahir l'avait informé qu'il devait désormais tenir le rôle de roi de Riyaal, Javid n'aurait pas dû être la proie d'une telle colère face aux rebuffades de la jeune Française. C'était injuste, mais il l'assumait, car jamais il n'avait reçu une telle gifle.

Quelle femme en pleine possession de ses facultés refuserait le rôle de reine ? Aucune ! En d'autres termes, elle lui signifiait que son problème, c'était *lui*.

C'était lui qu'elle rejetait.

Non, jamais une femme ne lui avait infligé cet affront !

Puisant dans son expérience de diplomate le sang-froid requis dans une telle circonstance, il parvint à sourire pour objecter :

— Pardon pour cette image, mais vous ne placez pas la charrue avant les bœufs ? Comment exclure la possibilité que, d'ici quelques semaines ou quelques mois, vous preniez goût à être reine ? Avant de réclamer votre liberté, vous ne voulez pas vous donner une chance d'apprécier cette opportunité providentielle ? Vous n'avez donc foi en rien, pas même en votre bonne étoile ?

Visiblement estomaquée par son discours, elle resta un moment muette. Elle réfléchissait, et Javid pouvait presque voir défiler sur son adorable petit minois le doute, l'effroi, le questionnement.

« Adorable » ? Vraiment ? Une innocence enfantine éclairait ses magnifiques yeux bleu-vert ourlés de noir. Une nouvelle fois, elle avait dissimulé sa longue chevelure, roulée en un chignon trop sage, ainsi que les contours de son corps menu sous un tailleur sorti tout droit des années 1940 : trop strict, pas assez moulant… mais révélant tout de même ses jambes de danseuse – fines et galbées.

— La foi ne figure pas au palmarès des qualités essentielles à mes yeux, lâcha-t-elle soudain d'un ton cassant.

— Ah ? répliqua-t-il, amusé. Et puis-je savoir ce qui trône tout en haut de votre palmarès ?

Sans se démonter, elle le toisa avec panache.

— Un homme ayant le sens de l'honneur et de l'intégrité. Un homme qui honore toujours sa parole, qui tient ses promesses.

Sa véhémence et le choix de ses mots l'intriguèrent.

Il acquiesça en silence avant de répondre :

— Dans ce cas, je vais vous en faire une qui va achever de vous mettre à l'aise. Engagez-vous pleinement dans votre rôle de reine auprès de moi et vous n'aurez aucune raison de réclamer votre liberté.

Le sourire de la Française lui fit froncer les sourcils.

— J'ai dit quelque chose de drôle ?

— Oui. Je trouve amusant que vous soyez si sûr de vous : vous me tendez un cerceau en feu pour que je saute à travers, et vous partez du principe que j'oublierai la jungle d'où je viens si je fais trois tours de piste sous les applaudissements. Il n'y a qu'un homme pour avoir une telle vision des choses.

— Ah ? parce que je suis sexiste, en plus ?

— Vous croyez ne pas l'être ?

Javid se sentit offensé. On lui avait fait bien des reproches au cours de sa vie, mais brider la liberté des autres… Non, une telle accusation n'était pas fondée !

— J'espère que c'est clair pour vous : ni votre parole ni la foi ne me convaincront, lui rappela-t-elle. Je vous propose donc de fixer clairement la durée de notre accord. Deux ans, ça vous convient ?

— Mais qu'est-ce qui vous terrifie à ce point ? lâcha-t-il, incrédule. Pourquoi vous comportez-vous comme une souris prise au piège alors que vous recevez un cadeau extraordinaire ? Vous rendez-vous compte que oui, précisément, je suis un homme d'honneur et de parole ? Que je ferai tout pour tenir ma promesse de protéger mon peuple, de garantir la sécurité et la prospérité de ce pays ?

Soudain, il comprit. Ce fut comme une illumination, et il s'écria :

— Ah ! ça y est ! Je comprends votre problème : vous redoutez de ne pas être à la hauteur, c'est ça ?

Ce n'était pas lui. Ravi d'avoir élucidé le mystère, il la toisa avec défi.

Impénétrable, elle lui offrait un regard neutre.

— Qui vous a mis dans la tête que vous n'êtes pas à la hauteur ? insista-t-il.

Détournant les yeux, elle haussa les épaules.

— Personne. Je… Je ne comprends pas pourquoi vous dites cela.

— Alors, démontrez-moi que je me trompe.

Telle une enfant butée et boudeuse, elle lui retourna une moue hostile, et il sentit une douleur étrange lui vriller la poitrine. Elle cachait jalousement ses blessures, c'était évident.

— Je suis disposé à en discuter chaque fois que ce sera nécessaire à l'avenir, dit-il avec douceur. Mais il n'y aura pas de durée déterminée.

Non sans hypocrisie, il congédia la voix de sa conscience qui lui rappelait comment il avait refusé de signer cet engagement si celui-ci n'était pas limité à dix ans. S'ils arrivaient à tenir ensemble jusque-là, ils pourraient se séparer bons amis, satisfaits d'avoir rempli leur devoir, pensa-t-il.

Mais tant que sa future reine se montrerait aussi hésitante, pas question de lui offrir une porte de sortie. Ah ! il ne lui plaisait pas ? Eh bien, elle non plus. En fait elle était très loin de correspondre à ses préférences en matière de femmes. Physiquement, bien sûr, mais psychologiquement aussi. Javid avait assez d'expérience pour savoir qu'une femme aussi désagréable et revêche, une femme qui remettait sans cesse en question ses décisions ne lui conviendrait pas au lit.

— Inutile d'en discuter plus longtemps aujourd'hui, dit-elle en levant le menton. Nous ne parviendrons pas à nous entendre sur ce point. Je regrette de devoir rester sur ce désaccord, mais c'est provisoire. Car ne vous y trompez pas : nous reviendrons sur cette question. En tant que reine, rôle que vous avez l'air pressé de me voir tenir, j'aurai certains pouvoirs, notamment celui d'être maîtresse de ma propre vie et de ne pas imposer à mes sujets ce qui leur déplaît.

L'ultime partie de cette tirade força l'admiration de Javid. Elle était prête à abdiquer si elle n'obtenait pas l'estime de son peuple ? C'était sans doute la preuve la plus éclatante qu'elle ferait une excellente souveraine.

Prenant un air de dignité outragée, elle glissa sur son fauteuil, indiquant qu'elle était prête à se lever. Javid ne bougea pas.

— En avons-nous terminé ? insista-t-elle en lissant la jupe de son tailleur d'un geste impatient.

Ravi de lui infliger une nouvelle attente, il afficha un large sourire. Puis, il attrapa sur le plateau un chou à la crème dans lequel il mordit avec gourmandise. Il avait un faible pour la pâtisserie française.

— Nous sommes loin d'en avoir terminé, mon petit chou, dit-il en plongeant son regard dans le sien jusqu'à voir ses joues virer au rouge écrevisse.

Satisfait, il enchaîna :

— La répétition de mon couronnement aura lieu demain, celle de notre mariage quelques jours après. Je compte sur votre présence aux deux.

Enfin, il tamponna élégamment le coin de ses lèvres de sa serviette brodée et, s'étirant avec la lenteur d'un chat maître chez lui, il conclut :

— Nous en avons terminé. Merci.

5.

Au cas où elle en aurait eu besoin, Anaïs put mesurer, au cours des jours qui suivirent, à quel point Javid aimait montrer qui était aux commandes.

Chacune de ses demandes d'audience fut poliment et fermement refusée, et chaque fois qu'ils durent apparaître ensemble, aux répétitions et aux réunions de cabinet, une bonne douzaine de personnes accaparaient le futur roi de sorte qu'il puisse ignorer Anaïs sans même en éprouver de remords.

Même le jour de son couronnement, Anaïs ne put obtenir *une seule minute* de tête-à-tête avec son futur époux. La cérémonie à la fois sobre et formelle se tint en présence d'une centaine de personnes, mais fut retransmise en direct sur les chaînes du monde entier. Obligée d'assister à l'intégralité du rituel aux premières loges, elle dut rester immobile en exhibant aux caméras sa bague de fiançailles, reçue la veille. Le fabuleux diamant jaune monté sur un anneau d'or pur brillait de tous ses feux.

À son grand soulagement, ni le protocole ni les traditions ne prévoyaient de cérémonie particulière pour des fiançailles royales : ils étaient libres d'organiser une fête somptueuse… ou de se contenter de poster une photo officielle sur les réseaux sociaux du Palais – solution qui eut leur faveur.

Lors du banquet qui suivit l'avènement du nouveau roi de Riyaal, Anaïs dut encore prendre son mal en patience. Javid ne s'abstint guère de lui dispenser sans cesse ses sourires et ses regards moqueurs : chacune de ses tentatives pour lui glisser un mot à l'oreille fut balayée par un ambassadeur portant un message urgent, les félicitations d'un émissaire jukratien ou les chuchotements mystérieux de son secrétaire, Wilfried.

Enfin, la veille de leur mariage, comme minuit approchait, elle ne vit d'autre option que de lui téléphoner… et elle s'aperçut alors qu'elle n'avait pas son numéro. Impossible de l'avouer à Faiza, c'était trop embrassant. Elle pria donc son assistante de « faire appeler Sa Majesté ». Ce qui lui fut refusé au motif que, selon la tradition, le futur mari et la future femme ne devaient avoir aucun contact au cours des 24 heures précédant leurs noces.

Encore une invention masculine, songea-t-elle, irritée et abattue.

Le matin arriva trop vite. Anaïs eut à peine le temps de prendre sa douche et de profiter de son petit déjeuner en compagnie de Faiza avant d'être précipitée dans un tourbillon – coiffure, maquillage, habillage – au milieu d'un essaim bourdonnant.

Des douzaines de personnes étaient à son service avec leurs doigts de fée, mais il y avait longtemps qu'elle n'avait pas ressenti cette solitude d'orpheline. Sa mère, originaire de Riyaal, était morte depuis longtemps, ne lui laissant d'autre famille maternelle que sa sœur et la fille de celle-ci, Yasmine. De lointains cousins de son père, disparu également, cinq ans plus tôt, feraient le voyage depuis la Bretagne pour être auprès d'elle ce jour-là, mais plus que jamais elle regrettait de n'avoir eu ni frère ni sœur.

Les félicitations chaleureuses et les accolades de son

équipe finirent par éclipser sa mélancolie, et lorsqu'elle fut prête, elle regarda son reflet dans le miroir avec incrédulité.

Vraiment ? Ce canon, c'était elle ?

Médusée, elle fixa la femme moulée dans une robe qui soulignait sa petite poitrine ronde en révélant sa taille fine et l'étroitesse de ses hanches.

Javid et elle avaient décidé – l'un de leurs rares points d'accord – d'organiser la première partie de la cérémonie à l'occidentale, et la soirée dans une ambiance plus fidèle aux traditions de Riyaal.

Sa robe n'était pas blanche, mais d'un ambre très clair ; son corset, moucheté de pierres précieuses et les voiles de sa jupe, brodés jusqu'à un rang final de saphirs, de rubis et d'améthystes. Les mêmes pierres suivaient son décolleté et la coupe en V de ses manches longues en voile. Au niveau de son col en dentelle très fine, juste au centre, était serti un diamant jaune, réplique de celui qui brillait au sommet de sa tiare, ainsi que du solitaire de sa bague de fiançailles.

Enfin, plusieurs habilleuses vinrent la nimber de son voile de mariée.

— Il est temps d'y aller, Votre Altesse…

Ce fut à peine si elle entendit Faiza. Elle se sentait dans un état second où le trac et l'excitation produisaient sur elle l'effet d'une surdose de caféine.

Dans les couloirs du palais, on aurait dit que le personnel au grand complet était venu s'aligner le long des murs afin de la féliciter. Anaïs leur sourit à travers son voile.

Comme dans un songe, une fois parvenue dans la cour d'honneur, elle s'engouffra dans une limousine et s'étonna d'y trouver une ravissante femme dans une tenue vert émeraude, de la même couleur que son regard.

Son sourire amical la toucha.

— J'arrive un peu tard, s'excusa-t-elle, et ce n'est pas très protocolaire, mais… Quand Tahir m'a dit que tu n'avais pas de témoin, j'ai posé ma candidature auprès de Javid. Il m'a accordé ce rôle. J'espère que ça ne te dérange pas.

— Mais je…

Il fallut quelques secondes à Anaïs pour réaliser qu'elle était en présence de la reine Lauren al-Jukrat, l'épouse du roi Tahir devenue, quelques mois auparavant, mère de leur premier héritier. La belle-sœur de Javid.

— Non, bien sûr que ça ne me dérange pas… Mais et vous ? Êtes-vous certaine d'avoir envie de faire cela pour moi ? s'étonna-t-elle.

Lauren hocha la tête avec gravité.

— Je sais ce que c'est que de vivre un jour pareil sans sa famille. Je peux au moins t'aider à oublier les papillons dans ton estomac en jacassant comme une commère !

Anaïs lui sourit et hocha la tête. Il y avait peu de temps que Lauren al-Jukrat avait été couronnée, et pourtant la population de son royaume l'avait tout de suite adoptée. Son arrivée avait été retentissante dans les médias. Non seulement le couple qu'elle formait avec Tahir, cité comme l'un des plus influents au monde, avait fait la une du *Times*, mais elle venait également d'être nommée ambassadrice des Nations unies.

— J'ai du mal à croire que vous seriez capable de « jacasser comme une commère », Votre Majesté, répondit-elle.

— Oh ! tutoyons-nous, s'il te plaît ! Et c'est Lauren. Nous serons de la même famille dans quelques heures, non ? Et ne va pas t'imaginer que je passe ma vie à disserter sur l'avenir de la démocratie. Mon fils de six mois doit me trouver bavarde comme une pie…

— Oh ! je serais tellement heureuse de le rencontrer… Où est le jeune prince ?

— Depuis que Tahir est parti en fin de matinée rejoindre Javid en tant que témoin, avec sa nourrice. Et, crois-moi, mes deux hommes comptent les heures avant que je revienne tenir auprès d'eux mon rôle d'épouse et de maman !

Anaïs perçut l'amour – l'adoration, même – dans le son de sa voix. Elle regardait d'ordinaire les photos des tabloïds avec circonspection, et pourtant elle avait eu la certitude, en suivant les étapes de leur mariage, que Tahir et Lauren étaient éperdument amoureux l'un de l'autre.

Des rumeurs prétendaient qu'ils se connaissaient depuis l'université, et qu'ils s'étaient récemment retrouvés. Malgré ses efforts, Anaïs ne put réprimer un soupçon de jalousie. Les souvenirs l'assaillaient.

La main sur le cœur, Pierre lui avait juré qu'elle l'avait fait changer, qu'il avait mis un point final à sa carrière de don Juan, qu'il n'aimait qu'elle, qu'il embrassait la fidélité avec confiance et enthousiasme…

Et elle l'avait cru.

Quelle pauvre gourde ! Oui, elle pensait l'avoir métamorphosé – elle, la grande naïve, la cruche qui non seulement n'avait pas couché une seule fois avec lui tout au long de leur relation, mais qui en plus n'avait reçu son premier baiser, de lui, qu'à vingt et un ans !

Anaïs se mordit la lèvre. Elle avait honte de sa sottise. Et le jour où, avec impatience, il lui avait demandé pourquoi elle se refusait, son désir de « préserver la magie » de leur futur mariage lui avait paru complètement ridicule. Oui, à ses yeux, elle était une niaise. Bégueule et coincée, de surcroît. Pourquoi était-il resté tout ce temps avec elle ? Parce qu'il la lui fallait dans sa collection, naturellement. Il l'avait simplement considérée comme un insecte à punaiser au mur au milieu de l'interminable…

— Anaïs ? Nous sommes arrivées.

S'extirpant de ses pensées, elle jeta un regard terrifié vers la cathédrale.

Les rues adjacentes étaient noires de monde, et le parvis rempli de camions, d'antennes, de reporters et de photographes.

— Ne t'inquiète pas. Tout va bien se passer, je te le promets, lui assura Lauren avec un sourire si encourageant qu'elle en fut émue.

Hélas ! Non, *tout* ne se passerait pas comme dans un rêve. Elle n'avait pas pu éclaircir un sujet essentiel avec Javid, malgré ses efforts désespérés pour lui parler en tête à tête.

Le sexe.

Leur union serait-elle chaste ou inclurait-elle la consommation du mariage ?

Ils étaient passés à autre chose, après avoir abordé la question de leurs liaisons passées, et cet aspect crucial de leur mariage avait été escamoté.

— Regarde ! Tu vois ? Ils t'adorent déjà ! s'exclama Lauren, comme elles se dirigeaient toutes deux vers l'entrée de la cathédrale, précédées et suivies d'une escouade de militaires en tenue d'apparat.

En effet, les hourras de la foule et les sourires qu'Anaïs apercevait lui faisaient chaud au cœur. À l'intérieur, la musique solennelle et les expressions respectueuses de toutes les personnes présentes accompagnèrent Anaïs, tandis qu'elle remontait la nef principale jusqu'à l'autel. Lauren était encore derrière elle, mais lorsqu'elles arrivèrent, elle chuchota :

— Bonne chance, ma belle.

Son cœur battait tellement fort qu'Anaïs n'entendait plus l'orgue. Elle avait les jambes en coton. Par miracle, elle parvint à monter les deux marches sans s'évanouir ni trébucher sur son voile, puis elle leva les yeux vers *lui*. Et alors…

Sa gorge se noua. En tant que nouveau commandant en chef de l'armée de Riyaal, Javid portait un habit militaire rouge et noir à boutons dorés. Dans sa jaquette criblée de décorations et ses bottes à éperons, il avait l'air, paradoxalement, plus vulnérable que d'ordinaire.

Pour la première fois depuis qu'elle le connaissait, lorsqu'il la regarda le rejoindre, il n'arbora pas un air moqueur, ni condescendant, ni furieux.

Avec modestie et gravité, il lui offrit son bras pour qu'ils écoutent, côte à côte, l'archevêque commencer à prononcer le sacrement. Un moment plus tard, face à face, ils durent se tenir par la main. Anaïs était toujours dans une sorte de transe : alors que l'adrénaline fusait dans ses veines, une brume floutait sa perception de la cathédrale, de Javid, du moment surréaliste qu'elle était en train de vivre. Enfin, après l'échange des consentements, des engagements et des alliances, après le traditionnel « Je vous déclare mari et femme », elle se tourna vers son mari, le souffle court.

Une lueur de défi brillait dans son regard, annonçant le pire… Terrifiée, elle le vit se pencher sur elle et relever son voile, et elle ferma les yeux afin d'accueillir le traditionnel – et inévitable – baiser des mariés.

À sa grande surprise, les lèvres chaudes et douces de Javid ne firent qu'effleurer délicatement les siennes. Une fois. Deux fois. Puis… Il déposa un baiser plus alangui sur sa bouche. Un baiser si aérien, si exquis qu'elle eut envie qu'il se prolonge. Elle y répondit en happant ses lèvres, et elle sentit alors la pression d'un vrai baiser accueillir cette initiative. En un éclair, son geste timide s'enflamma, et elle commençait à enrouler la langue autour de la sienne avec passion quand il interrompit leur étreinte. Comme lui, elle reprit alors ses esprits et sourit à l'assemblée des invités.

Il ne fallait surtout pas que la fièvre de cet instant lui fasse perdre contenance. Déterminée à ne pas décevoir le peuple, pour qui cette journée de liesse nationale conjurait celle des obsèques d'Adnan et de Yasmine, elle adressa un regard complice à Lauren. La main de Javid sur sa taille faisait fuser en elle de nouvelles sensations très embarrassantes, mais personne ne pouvait s'en apercevoir.

Elle venait de devenir officiellement Anaïs Jukrat al-Riyaal et… sur le plan intime, cela ne changerait rien.

Absolument rien. Car elle avait chassé les histoires d'amour de son imaginaire, de ses désirs et de ses rêves. Chaque fois que sa mère était tombée amoureuse, reléguant sa fille au second plan au bénéfice de son nouveau compagnon, Anaïs avait senti, compris, intégré que l'amour était changeant, insaisissable et surtout cruel. La trahison de Pierre avait ancré cette certitude en elle : plus jamais elle ne se brûlerait les ailes à ce sentiment pernicieux… Non, personne n'attaquerait plus son pauvre cœur – brisé, irréparable.

Soudain, la brume se dissipa, et elle se sentit pleinement campée dans la réalité. Non, il ne s'agissait pas d'un rêve. En fait, ce mariage de raison lui convenait parfaitement.

Les mains artistiquement peintes au henné, vêtue de la robe de mariage traditionnelle, Anaïs dut boire l'étrange décoction à base de champagne servie par ses suivantes avant de rejoindre Javid pour la soirée de fête.

Roulements de tambours et coups de cymbales accompagnèrent son arrivée sur le tapis royal bleu où son mari lui prit le bras. Ensemble, ils traversèrent la salle de bal pour s'installer, côte à côte, dans des fauteuils qui représentaient le trône, et écoutèrent de longs discours.

Vinrent ensuite les danses entrecoupées de toasts, le dîner sous les chants joyeux, et encore des danses…

Trois heures plus tard, Anaïs avait tellement bu, mangé et dansé qu'elle aurait pu prendre la petite boule dans son ventre comme un simple symptôme de fatigue. Mais ce qu'il fallait appeler « la nuit d'après les noces » ou « la nuit de noces » approchait, et elle ignorait toujours comment Javid l'envisageait : son appréhension grandissait.

Ses cousins français étaient partis un moment plus tôt, et Lauren, la seule personne dont elle se sentait proche à certains égards, se trouvait alors au fond de la salle en compagnie de son mari, l'impressionnant souverain de Jukrat, qui discutait avec Javid. À quelque distance, dans un autre groupe se tenait la femme que Javid lui avait froidement présentée comme étant sa mère avant de lui tourner le dos.

Anaïs s'aperçut que cette dernière n'avait d'yeux que pour ses deux fils. Un sourire adorateur se lisait sur son visage tandis qu'elle les fixait, sans oser s'en rapprocher. Anaïs en eut la gorge serrée.

Bientôt, elle remarqua que la mère de Javid n'était pas la seule à lorgner dans sa direction… Et en quelques minutes, elle compta une bonne douzaine de superbes sirènes, parmi les invités, qui lui lançaient des œillades plus ou moins discrètes.

La petite boule dans son ventre s'alourdissait à chaque instant. Bon sang ! qu'allait-il se passer cette nuit ? Ou *ne pas* se passer ? Et si Javid préférait se réveiller, le lendemain matin, auprès de l'une de ces exquises créatures ?

Elle avait chaud. Atrocement chaud.

Tenant enfin l'opportunité de s'échapper un instant, elle se hâta de quitter la salle de bal par une porte de service, emprunta un long couloir et se dirigea vers la salle de bains strictement réservée aux mariés.

Elle ne fut guère étonnée de trouver Faiza devant la porte.

— Est-ce que tout va bien, Votre Majesté ? s'inquiéta-t-elle.

Non sans peine, Anaïs esquissa un sourire avant de contourner son assistante et d'entrer dans la salle de bains. N'y tenant plus, elle courut au lavabo et fit couler de l'eau froide sur ses doigts avant de les tapoter sur sa nuque, puis sur son front, veillant à ne pas complètement gâcher son maquillage.

Avec gentillesse, Faiza humecta une serviette en coton d'eau fraîche et vint l'aider à se rafraîchir tout en rectifiant son mascara.

Anaïs put plonger son regard dans le sien.

— Dites-moi la vérité. L'administratrice en fourreau vert et l'ambassadrice rousse... Ce sont d'anciennes maîtresses de Javid, n'est-ce pas ?

À son grand soulagement, Faiza n'osa feindre de ne pas le savoir.

— D'après certains journaux, oui, Votre Majesté.

Étant donné la nature de leur mariage, Anaïs voulait se croire au-dessus de la jalousie... Mais sa triste expérience avec Pierre l'avait rendue très vulnérable dans ce domaine.

— Et la chef d'entreprise en noir ? reprit-elle.

Pâle comme un linge, Faiza acquiesça silencieusement.

— Bon. Merci pour la serviette, Faiza. Vous pouvez me laisser, maintenant.

— Mais Votre Majesté...

— Je vous assure que tout va bien, insista-t-elle en plaquant un sourire factice sur son visage.

Faiza ouvrit encore la bouche pour protester, mais finit par obéir. Restée seule, Anaïs prit une longue inspiration.

C'était la première fois qu'elle avait un moment de tranquillité depuis le matin, et elle alla s'asseoir dans un fauteuil, se tamponnant les tempes de la serviette d'une épaisseur luxueuse, brodée du monogramme du palais.

La salle de bains était une sorte d'immense boudoir : deux grandes vasques, une commode, un petit salon meublé de trois bergères et d'une table basse chargée de beaux livres sur l'histoire et les arts du royaume.

Peu à peu, son corps retrouva une température supportable ; son cœur, un rythme raisonnable.

Javid avait invité ses anciennes conquêtes à leur mariage ! Il devait s'agir d'un message subliminal, de la réponse à la question qu'elle tentait de lui poser depuis des jours et des jours : oui, *évidemment*, ce mariage de raison resterait non consommé !

Et au lieu d'en éprouver le soulagement qu'elle espérait, c'était tout le contraire. La déception ne l'écrasait pas moins que la honte et l'humiliation.

Pis encore, comme ils avaient donné à leur dernier entretien la forme d'une joute, elle n'était plus très sûre d'avoir bien compris ce à quoi son fiancé s'engageait : ne plus conquérir de nouvelles maîtresses pendant leur mariage ? Et donc se réserver un droit de cuissage sur les anciennes ? On aurait dit qu'il avait fait vœu de chasteté ; Or, c'était impossible… Oh ! bon sang ! pourquoi, mais pourquoi ne l'avait-elle pas contraint à avoir cette conversation avant leur mariage ? Elle aurait dû débouler dans son bureau ou ordonner au photographe de les laisser seuls sur-le-champ, le jour du communiqué annonçant leurs fiançailles !

Comme elle se levait pour jeter la serviette dans un élégant panier à linge, elle sursauta.

La porte venait de s'ouvrir, et Javid était là.

— Qu'est-ce que vous fichez ici ? protesta-t-elle, furieuse. Qui vous a dit où j'étais ?

Faiza n'aurait tout de même pas osé répéter au souverain qu'elle était venue chercher quelques minutes de solitude ici ?

— Si vous avez des doutes quant à la capacité de votre secrétaire à tenir sa langue, évacuez-les tout de suite, répondit-il. En revanche, n'hésitez pas à l'inviter un de ces jours à une partie de poker : elle ne sait pas bluffer, et chacune de ses pensées se lit sur son visage. Surtout quand elle me fixe d'un œil réprobateur…

— Je vois, lâcha-t-elle. Ce n'était pas une raison pour vous précipiter à ma poursuite. Et maintenant, laissez-moi, je vous prie : vous voyez bien que je suis occupée.

6.

Javid haussa les sourcils et la détailla de la tête aux pieds, un rictus amusé au coin des lèvres.

— En effet, ironisa-t-il. Vous êtes en train de vous surmener ! Et vous serrez les poings parce que… ?

Laissant sa question en suspens, il planta son regard faussement intrigué dans le sien.

Une bonne douzaine d'accusations acides vinrent aux lèvres d'Anaïs, aussi s'efforça-t-elle de demeurer impériale en allant droit au but.

— Vous invitez vos concubines à *mon* mariage ?

Durant une fraction de seconde, elle eut la satisfaction de voir à quoi ressemblait le roi de Riyaal complètement pris de court. Ses épaules s'affaissèrent, mais il recouvra très vite son assurance.

— Je vous demande pardon ? répliqua-t-il avec hauteur.

Sèchement, Anaïs le tança :

— Vous m'avez très bien entendue. J'ai compté au moins trois de ces créatures, ravies de s'enivrer de mon champagne et de s'exhiber aux yeux de tous. Vous n'avez donc aucune décence ?

Cette fois, il sourit.

— Non. En l'espèce, aucune, ma chère.

Une telle impertinence était inattendue, et Anaïs se

sentit déstabilisée. Déterminée à ne rien révéler de son trouble, elle reprit d'un ton glacial :

— Très bien. Dans ce cas, je ne manquerai pas d'inviter tous mes ex lors du prochain dîner d'État, quitte à les faire venir par avion spécial, et de…

— Comment ? la coupa-t-il en venant plaquer les mains contre le mur, autour d'elle.

Tel un lion, il venait de bondir et, encadrée par ses bras puissants, dos au mur, elle était sa prisonnière. Et le regard de son mari lançait des éclairs.

— Vous me demandez un peu trop souvent de me répéter, Votre Majesté, répondit-elle avec assurance. Est-ce que vous êtes sourd ?

Elle soutenait bravement son regard assassin, lui renvoyant toute la fureur qu'il exprimait – car elle en débordait !

— Je vous ai crue froide comme un glacier, le jour où j'ai fait votre connaissance. Je suis heureux de m'être mépris.

Scandalisée par ces paroles, elle s'insurgea :

— Vous ne me connaissez pas davantage aujourd'hui qu'hier, et vos spéculations machistes me ré…

Elle ne put terminer sa phrase, Javid l'ayant brutalement attirée contre lui pour l'embrasser.

Cette fois, sa bouche affamée chercha la sienne avec une ardeur et une sensualité si sauvages qu'elle y répondit tout de suite, mordant ses lèvres et enroulant les bras autour de son cou pour enfoncer les ongles dans sa nuque.

Enfiévrée, elle savourait la texture soyeuse de sa chevelure sous ses doigts, tandis qu'un feu d'artifice de sensations plus folles les unes que les autres éclatait en elle. Un feu liquide courait dans ses veines à la place de son sang, tandis qu'il la pressait étroitement, intimement, contre son large torse. Les effluves de son parfum l'enivraient. Le goût de miel de sa langue s'enroulant, voluptueuse, autour de la sienne, la rendit immédiatement accro. Jamais elle n'avait été la proie d'un tel désir, et elle était certaine que les baisers de Pierre n'avaient pas produit cet effet sur son corps. Un effet inédit.

Car sa volonté était annihilée par ses élans : elle embrassait Javid avec fougue, se pressait contre son érection sans pudeur ni gêne, et laissa même échapper un gémissement de plaisir lorsqu'il glissa une main sur sa taille, remontant vers sa poitrine.

Pourtant, elle trouva la force de le repousser.

— Non, ça suffit !

D'un geste énergique, elle le fit brusquement reculer, et il lui lança un regard indécis avant de sourire.

— Bon, c'est déjà plus digne, observa-t-il.

Tremblante, elle balbutia :

— Plus digne que quoi ?

— Que notre espèce d'effleurement chaste à la cathédrale. Je n'avais rien senti. Là, c'était un premier baiser. Un vrai !

Anaïs se décomposa. Il n'avait vraiment rien ressenti à la cathédrale ? Pour elle c'était déjà assez érotique et… Oh ! il fallait qu'elle se concentre sur l'instant présent !

— Si c'est votre façon de tenter de fuir ce dont nous discutions, Votre Majesté, ça ne marchera pas. Pas avec moi, lui assura-t-elle.

Javid lâcha un long soupir avant de la regarder droit dans les yeux et de reprendre la parole :

— Commençons par le commencement. Nous sommes mariés : il n'y aura plus de « vous », ni d'« Altesse » ni de « Majesté ». Deuxièmement, Anaïs, il est exact que ces femmes sont passées dans ma vie, mais leur présence aujourd'hui était strictement protocolaire. Il aurait été infiniment plus dommageable de leur refuser une invitation que de t'infliger ce désagrément.

Stoïque, elle attendit la suite.

— Néanmoins, enchaîna-t-il, je comprends que cela t'ait été désagréable et je te demande pardon pour cela. J'en appelle aussi à ton indulgence. Il n'est pas impossible que l'une de ces femmes soit un jour utile aux intérêts de Riyaal, c'est pourquoi nous devrions faire en sorte qu'elles restent dans notre périmètre.

Elle n'aurait su dire ce qui la stupéfia le plus dans ses paroles : l'emploi du pronom « nous » ou celui du mot « pardon ». Sans parler du petit frisson qu'elle avait ressenti en l'entendant l'appeler pour la première fois par son prénom.

Elle était tellement désarçonnée qu'il lui fallut quelques instants pour se rappeler à qui elle avait affaire : un diplomate émérite.

Comme elle retrouvait son assurance, elle vit briller une lueur de colère dans le regard de Javid.

— Toutefois, lança-t-il, à ta place, je me montrerais plus prudente avant de lancer une menace. Je ne partage pas.

Anaïs déglutit péniblement.

— Les amants de ton passé sont bannis de ta vie, désormais. Définitivement, ajouta-t-il.

— Laisse-moi deviner, répliqua-t-elle. Maintenant, tu vas m'expliquer que le règlement n'est réciproque en rien et que tu comptes t'octroyer des compagnies féminines pendant que moi, je devrai souffrir…

— Souffrir ? la coupa-t-il, un sourire narquois aux lèvres. Attention à ce que tu dis, ma chérie : on pourrait croire que tu t'attaches à ton mari !

Elle lâcha un petit rire sarcastique.

— Autant que tu t'es attaché à moi, cher et merveilleux époux ! C'est-à-dire pas du tout.

— Ne te méprends pas. Dans l'intérêt supérieur du royaume, nous parlerons d'une seule voix en public… Et en privé, tu m'appartiendras de façon absolue. Pas de faux-semblants, pas d'échappatoire, Anaïs : tu devrais t'y faire dès maintenant, tu nous feras gagner du temps.

— Et si je refuse ?

Elle n'aurait su dire où elle puisait le cran de soutenir son regard ainsi. Visiblement, il n'en revenait pas. Son Altesse n'avait pas l'habitude qu'on lui s'adresse à lui sur un pied d'égalité !

— Ah ! un défi ! susurra-t-il avec un sourire carnassier. J'ai hâte de tester les limites de cette remarquable audace !

Sans lui laisser le temps de répliquer, il lui prit la main d'un geste autoritaire.

— Qu'est-ce que tu fais ? tempêta-t-elle en essayant de lui échapper. Où comptes-tu m'emmener ?

— Dans la salle de bal où a lieu notre réception de mariage, répondit-il, visiblement amusé.

— Mais… Nous avons d'abord à discuter de certains sujets, toi et moi !

— Cela attendra. Nous avons suffisamment négligé nos invités.

Anaïs retira sa main et s'écria :

— Attends !

— Quoi encore ?

— Si nous sortons ensemble de cette salle de bains, tout le monde croira que nous… Enfin, je veux dire que nous aurons l'air d'avoir…

Javid lui retourna un regard machiavélique. Un sourire satisfait s'étira lentement sur sa bouche.

— Tant mieux. Ils n'oseront pas nous retarder quand

il sera l'heure pour nous de les quitter et d'aller jouir de notre nuit de noces. N'est-ce pas, ma chère femme ?

Trois raisons avaient poussé Javid à choisir Bora Bora pour leur voyage de noces.

D'abord, dans le dossier de renseignements au sujet de sa femme, il avait trouvé une « Liste de choses à faire avant de mourir » qui commençait par un séjour sur une île de Polynésie.

Ensuite, il espérait être assez loin de Riyaal pendant dix jours pour entendre parler le moins possible des affaires les plus sensibles.

Et, troisième et dernière raison, qui n'était pas la moindre, il était justement propriétaire d'un véritable coin de paradis à Bora Bora – le lieu idéal pour apprivoiser l'étrange animal sauvage qui venait de devenir son épouse.

Par « apprivoiser », Javid songeait à une action globale… et surtout charnelle.

Naturellement, il n'y avait pas eu de « nuit de noces » le jour de leur mariage : Javid ne l'avait jamais envisagé. Désormais, tout avait changé. Il n'était plus question de faire l'impasse sur une escapade nuptiale. Une escapade torride.

Au début, lorsqu'il avait dû se résoudre à ce mariage de convenance, il n'avait eu aucune intention de le consommer, l'aspect platonique de son accord avec la demoiselle de compagnie française relevant pour lui de l'évidence. Et puis… l'épisode de la salle de bains lui avait ouvert de nouveaux horizons. Puisque s'allumait, entre Anaïs et lui, une petite flamme très érotique, prometteuse d'ébats incendiaires, pourquoi prolonger son célibat ?

De plus, il n'était pas facile de surprendre Javid. Or, il devait bien admettre que depuis plusieurs semaines, Anaïs ne cessait de lui tirer le tapis de sous les pieds.

Elle n'avait rien de la caricature qu'il s'en était faite : paresseuse, superficielle, accablante d'ennui. Soit il l'avait sous-estimée, soit il n'avait pas bien pesé les tenants et les aboutissants de cette union. Voire les deux… Quoi qu'il en soit, les dix ans de vie monacale prévus étaient rayés de son programme.

Javid avait attendu le jour du couronnement de son épouse en tant que reine de Riyaal pour lui annoncer, ravi, qu'ils partaient en lune de miel.

Il s'était attendu à tout sauf à son expression horrifiée et à son « non » ferme et définitif.

— Tu n'es pas sérieuse, avait-il déclaré avec mauvaise humeur. Alors que nous avons eu la preuve que nous sommes physiquement compatibles, quand nous étions dans la salle de bains, tu veux nous infliger la chasteté ?

Visiblement paniquée, Anaïs avait eu un rire nerveux.

— Quelle arrogance… Tu te crois vraiment irrésistible ! Tu es certain qu'aucune femme au monde ne pourrait refuser de passer une nuit avec toi, n'est-ce pas ?

— Si cette femme s'avère être la mienne ? Non, en effet !

En une seconde, elle avait donné réalité à son pire cauchemar. À des sentiments qu'il avait espéré, depuis l'enfance, ne plus avoir à éprouver. Le rejet. L'indifférence.

Son père traitait par le mépris le suppléant au trône qu'il était tandis qu'il tyrannisait son frère aîné. Leur mère ne songeait qu'à vivre sa vie le plus loin possible d'un époux qu'elle n'aimait pas et de deux fils conçus et mis au monde quasiment de force, en tout cas par obligation.

Javid n'avait su que faire de ces émotions négatives, destructrices… Aussi avait-il seulement appris à les éviter. À faire en sorte, une fois parvenu à l'âge adulte, de ne plus jamais y être confronté. D'ailleurs le rejet, c'était pour les perdants !

— Et les jeux sont faits, maintenant, avait-il repris sèchement. Nous sommes mariés. Il est temps que tu inscrives cette information dans ta petite tête !

Visiblement prise de panique, elle avait précisé :

— Les jeux sont faits, comme tu dis, parce que tu as refusé de me permettre de te parler de notre vie conjugale ! Dix fois, vingt fois j'ai prié ton secrétaire de m'accorder un entretien, avant notre mariage. Nous devions tirer cela au clair, et c'est toi qui t'es dérobé, Javid !

N'appréciant guère l'accusation, il avait haussé les épaules avant de se défendre.

— Si c'était tellement important pour toi, tu aurais dû attirer mon attention sur le sujet.

— Important ? avait-elle répété. C'est fondamental ! Et cela n'a rien d'automatique dans un mariage arrangé !

Après cette scène, Anaïs avait consenti à tenir son rôle de jeune épouse souriante et de reine comblée en public, mais dès qu'ils avaient été à bord du jet royal en route pour Bora Bora, elle avait trouvé une excuse afin de s'isoler dans la chambre.

Le premier mouvement de Javid avait été de la rejoindre pour tenter de l'apaiser, mais il y avait renoncé. La crainte de revivre le désarroi de son enfance l'incitait à laisser sa femme se résoudre à son rythme à la réalité de leur union. À ne pas écouter la petite voix qui lui demandait depuis le fond de son cerveau, inquiète : « Et si elle ne s'y résout pas ? Et si c'est comme ça pendant dix ans ? »

« Si c'était tellement important pour toi, tu aurais dû attirer mon attention sur le sujet. »

L'argument inacceptable employé par Javid pour se défendre résonnait encore et encore dans la tête d'Anaïs. Comment osait-il lui faire porter cette responsabilité ?

Prétendre que l'initiative d'éclaircir la question du sexe dans leur mariage incombait à elle seule ?

Il se payait sa tête, car de son côté il y avait *forcément* pensé… Avait-il inconsciemment fui cette conversation ? Et si oui, pourquoi ?

Anaïs se retourna sur l'immense lit de la chambre du jet royal. Et elle, que voulait-elle vraiment ? Depuis le baiser enfiévré et divin qu'ils avaient échangé dans la salle de bains le jour de leur mariage, elle n'était plus très sûre de tenir à la chasteté de leur union.

Pouvait-elle cependant se fier à un désir si nouveau ? En quelques semaines, sa vie avait changé de façon radicale. Elle n'était plus une éminente fonctionnaire du palais royal, vivant assez confortablement d'un travail sans intérêt. Sa responsabilité envers la population était engagée : elle était au service du royaume, et la liste de ses devoirs lui donnait le vertige. Le jour de son couronnement, elle avait pleinement pris conscience de la révolution qui s'opérait dans son existence.

Lâchant un soupir, elle se leva et alla appliquer une touche de gloss rose sur ses lèvres. Son mari lui offrait une lune de miel à Bora Bora qui, par une étrange coïncidence, figurait au sommet de la liste des lieux qu'elle souhaitait visiter. Mieux valait qu'elle fasse la paix avec lui… précisément parce que la perspective d'un tête-à-tête de dix jours la terrifiait !

Elle le trouva installé dans le bureau royal jouxtant la chambre du jet, assis devant plusieurs dossiers éparpillés sur sa table de travail.

La veste et la cravate qu'il portait au départ de l'avion avaient disparu, et les deux premiers boutons de sa chemise bleue étaient défaits, révélant sa peau de bronze et la naissance d'une fine toison noire entre ses pectoraux. Malgré elle, Anaïs sentit une petite décharge électrique la traverser.

— Je crois que nous avons besoin de parler, toi et moi, suggéra-t-elle avec un sourire timide.

Lorsqu'il releva la tête, une mèche de cheveux tomba sur son front, et elle se rappela comment elle avait caressé cette chevelure de soie noire, quelques jours plus tôt – dans l'ivresse et la rage.

Sans attendre son invitation, elle prit place dans un fauteuil en cuir, inquiète de sa réaction.

— Je suis d'accord, répondit-il. Tu veux boire quelque chose ?

— Volontiers. Merci.

Il se leva et se dirigea vers un petit bar en acajou. Stupéfaite, elle le regarda doser dans un shaker un volume de cognac pour cinq de tonic. Puis il remplit deux verres de ce cocktail, qui était son favori.

— Mais comment savais-tu que…

— Je ne serais ni un très bon diplomate ni un bon souverain si je ne faisais pas un minimum de recherches, non ? l'interrompit-il.

Anaïs se contenta de sourire maladroitement et de hocher la tête. S'il savait cela… Savait-il pourquoi elle avait quitté Paris ? Était-il au courant de son histoire avec Pierre ? Et connaissait-il tout de ses fiançailles, de sa rupture ?

— Pour en venir au fait, dit-elle en rassemblant ses esprits, il se trouve que je n'ai aucune envie de coucher avec toi. Et même si j'admets que tu m'attires, tu conviendras avec moi que ce ne serait pas une bonne idée. Dans le contrat que nous avons établi, le sexe compliquerait les choses… c'est évident, non ? Or, il me semble que notre priorité, c'est de nous concentrer sur la sauvegarde du royaume, afin qu'il soit prospère.

S'enfonçant dans son siège sans la quitter les yeux, Javid sirotait son cognac allongé au tonic.

— C'est moi que tu essayes de convaincre ? Ou toi ?

Une lueur moqueuse brillait dans son regard de velours.

— Oh ! moi, j'en suis convaincue, affirma-t-elle.

— Tant mieux. Tu veux que je te dise en quoi je crois ? Je crois qu'à deux on est plus fort que seul : tu veux un Riyaal prospère et fort, moi aussi. Ne serait-ce qu'en mémoire de ta cousine et de mon cousin, ne pourrions-nous pas faire un effort pour être un couple solide ?

— Mais… Je suis déjà ta femme et ta reine, lui rappela-t-elle, prise de court.

— Anaïs, ne perdons pas notre temps à vouloir déterminer ce qui doit ou ne doit pas arriver durant notre lune de miel. Mieux vaut que cela se déroule naturellement. Nous verrons bien.

Une nouvelle fois, la panique et l'excitation la gagnèrent, sans qu'elle parvienne à les départager. Les paroles de Javid étaient pleines de bon sens, mais… Oh ! si seulement elle avait eu quelqu'un à qui se confier ! Yasmine lui manquait terriblement. Et maintenant qu'elle était reine… À qui pouvait-elle espérer accorder pleinement sa confiance, sinon à son mari ?

Se levant, il conclut :

— Et nous n'avons intérêt ni l'un ni l'autre à voir fleurir sur les réseaux sociaux toutes sortes de spéculations sur la réalité de notre vie sexuelle… Surtout durant les premiers mois de notre arrivée au pouvoir !

— Tu exagères, répliqua-t-elle d'un ton peu convaincant.

— Vraiment ? Tu sembles oublier que je sais de quoi je parle. Je suis né prince et, crois-moi, les tabloïds ne m'ont jamais fait de cadeau. Toute situation ambiguë finit par générer un déchaînement d'accusations, l'hystérie et le scandale.

Anaïs frémit. Même Yasmine avait été obsédée par la presse à scandale. Il avait suffi de quelques photos volées, la représentant entourée de quelques amies en train de se gaver de gâteaux, pour qu'elle pâtisse d'une réputation d'aristocrate confite dans le luxe et l'oisiveté.

Si sa relation avec Javid piquait la curiosité de quelques journalistes, ils iraient creuser dans son passé – et y déterrer Pierre.

Relevant les yeux vers lui, elle annonça d'un ton grave :

— Très bien : je suis disposée à faire en sorte que ces dix jours nous rapprochent, et j'espère que nous pourrons devenir bons amis. En tout cas, alliés. Et s'il doit y avoir davantage… Ce sera à *mon* rythme, conclut-elle.

— Parfait, répondit-il en faisant clapper sa langue.

Un sourire victorieux s'étirait sur son visage.

— Tu es content de toi, hein ? lança-t-elle, écœurée par son attitude infantile.

— Non. Je serais content si je te voyais manifester un réel enthousiasme. Mais j'admets que rien ne s'est passé de façon conventionnelle entre nous et j'accepte de me montrer patient.

Sa condescendance l'irrita.

— Je m'en réjouis, ironisa-t-elle, car tu risques d'attendre longtemps.

— Peut-être, répondit-il en haussant les épaules. Mais qu'importe, si le jeu en vaut la chandelle.

Anaïs allait répliquer lorsque deux stewards vinrent les informer que l'appareil allait se poser.

Impatiente de découvrir les lieux, Anaïs descendit prestement la passerelle après qu'ils eurent atterri. Plusieurs voitures à vitres teintées attendaient sur le tarmac, et elle savoura le changement d'atmosphère avant de s'engouffrer dans la première.

Plein soleil, air pur, ciel bleu… Et surtout, les scintillements turquoise de la mer ! Le chemin rocailleux à travers l'île ne lui réserva qu'un bref aperçu des plages de sable blanc, mais son émerveillement fut absolu quand ils parvinrent à destination.

Après avoir passé le portail sécurisé d'une haute clôture métallique, la voiture remonta l'allée menant à une villa tout en bois.

L'édifice avait l'architecture la plus spectaculaire qu'elle ait jamais vue ! Associant les styles polynésien et européen, la maison s'étendait sur trois niveaux, chacun donnant sur une immense terrasse.

Les douze membres de l'équipe à leur service sur place étaient sortis sur le perron pour les accueillir, et Anaïs leur emboîta le pas à l'intérieur, le cœur battant.

Javid ignorait qu'elle était folle de joie de se trouver à Bora Bora, et pourtant… elle se retourna pour lui adresser un sourire de gratitude.

De toutes ses forces, elle voulait croire possible qu'ils trouvent un terrain d'entente. Neutre. Amical. Et peut-être un plus que cela.

7.

À mille lieues du faste du palais royal de Riyaal et du luxe clinquant du jet, la villa était décorée avec simplicité et meublée de façon minimaliste.

Le blanc étincelant des murs et la teinte foncée des superbes parquets suffisaient à enchanter le regard, et Anaïs passa d'une pièce à une autre avec une excitation croissante : le panorama sur l'île et sur la mer était magique absolument partout ! Quant aux immenses terrasses, avec leurs hamacs, leurs divans moelleux et leurs guirlandes de lampions, elles donnaient envie d'y passer des journées entières.

— Alors ? demanda Javid en la fixant d'un œil inquisiteur. C'est à la hauteur des espoirs que tu plaçais dans un séjour en Polynésie ?

Sidérée, elle balbutia :

— Mais… Comment pouvais-tu savoir que… Tu as eu accès à ma liste ?

Il se mit à rire.

— Oui, évidemment. Pourquoi crois-tu que j'aie changé de destination ?

— Pourquoi ? Où devions-nous aller ? demanda-t-elle.

— Ma première idée, c'était les Seychelles. Mais ce sera pour une autre fois… Merci, Nathan, dit-il en se retournant vers le majordome qui leur portait un plateau de rafraîchissements.

Le jeune homme sourit.

— C'est un plaisir, Votre Majesté. Et de la part de l'ensemble du personnel, permettez-moi de vous dire que c'est un bonheur de vous avoir à nouveau parmi nous.

— Merci beaucoup, répéta Javid avec un sourire complice. C'est réciproque.

Dès que le dénommé Nathan disparut, Anaïs s'étonna :

— Tu es déjà venu ici ?

— Oui, plusieurs fois.

— Mais… Cette villa t'appartient ?

— Oui, acquiesça-t-il. Ou plutôt, elle *nous* appartient, désormais.

Il lui tendit l'un des verres à orangeade qui contenaient une boisson bleue.

— À notre nouvelle alliance ! s'exclama-t-il en levant le sien.

Acceptant le toast, elle trinqua avec lui. Puis ils suivirent la gouvernante, qui fit visiter à Anaïs sa suite personnelle, tout aussi époustouflante que le reste de la villa : grande chambre avec vue sur le Pacifique et accès privé à une piscine de format olympique.

— Tu me retrouves dans le bassin d'ici une heure ? proposa Javid avant de la laisser.

Anaïs hocha la tête avant d'aller découvrir le reste de son appartement : outre un bureau et une terrasse, elle disposait, devant sa salle de bains, d'un dressing entièrement garni.

Après s'être douchée, elle passa en revue ses maillots de bain. Deux années sous le climat toujours ensoleillé de Riyaal avaient doré sa peau. Aussi enfila-t-elle un bikini jaune et une paire de mules à talons noires : avec ses cheveux bruns lâchés sur les épaules et ses lunettes de soleil, elle était prête.

Autour de la piscine à débordement étaient installés chaises longues et parasols. Anaïs se choisit un petit coin tranquille où se lover. Allongée, elle venait de porter à ses lèvres un second cocktail bleu quand elle se mordit la lèvre. Elle avait oublié sa crème solaire !

— Ta boisson ne peut pas être si mauvaise que ça, s'étonna Javid.

Lentement, Anaïs releva les yeux sur une anatomie masculine si parfaite qu'elle en eut le souffle coupé. Du bronze harmonieux de sa peau jusqu'à sa musculature soignée, de la rondeur de ses épaules et de ses biceps à la longueur et à la force de ses jambes… Oui, son mari était un véritable apollon, et il lui fallut déployer un effort surhumain pour cesser de braquer son regard sur son short noir – le seul vêtement qui masquait sa nudité.

Sa gorge était tellement sèche, et son pouls battait si vite qu'elle eut du mal à lui répondre :

— Non, elle est délicieuse.

Elle se hâta de se désaltérer avant d'enchaîner :

— C'est seulement que j'ai laissé mon tube de crème là-haut.

Un sourire ravi se peignit sur le visage de Javid.

— Ah ! Dans ce cas, tu veux que je me charge de te protéger des coups de soleil ?

Sortant de son sac son propre tube de crème, il le fit tourner entre ses doigts.

Anaïs aurait pu refuser. Remonter chercher le sien ou prier quelqu'un de le faire pour elle. Oui, elle aurait pu refuser de sentir les mains de Javid se poser sur elle, mais…

— Oui, merci, mais à condition que tu me permettes

de te rendre la faveur, répondit-elle, sidérée de sa propre audace.

— Comment refuser une telle chose à ma femme ? répliqua-t-il avant de s'asseoir à côté d'elle, sur un tabouret, et d'enduire ses paumes de crème.

Le cœur d'Anaïs se mit à cogner plus fort encore, mais elle s'allongea sur le ventre et ferma les yeux.

Bientôt, elle sentit les doigts agiles de Javid sur ses chevilles. Un frisson délicieux la parcourut lorsqu'il remonta le long de ses mollets. Puis de ses cuisses – allumant ainsi en elle un brasier. Son sang se changeait en lave, tandis qu'elle sentait ses mains alterner les effleurements et les pressions au bas de ses fesses et dans son dos.

— Je peux ?

— Oui, oui, répondit-elle d'un ton aussi désinvolte que possible, comme il glissait une main sous l'attache de son bikini.

La suite fut un supplice. Les mouvements de Javid sur ses épaules et ses bras provoquèrent un bourdonnement infernal sous son épiderme, et le passage sur son ventre faillit lui arracher un gémissement. Sentir ses doigts chauds et doux si près des élastiques du haut puis du bas de son bikini… Prise de vertige, elle crut se liquéfier sur place. Mais elle tenait bon, se répétant qu'il devait la considérer comme étant aussi forte que lui.

Aussi résistante.

— Merci ! s'exclama-t-elle d'un ton résolument joyeux en se redressant, tout sourire, quand il eut terminé.

Puis, elle s'installa sur le tabouret et l'invita à s'allonger sur la chaise longue à côté de la sienne.

— Allez, à ton tour ! ajouta-t-elle non sans soulagement.

Un soulagement qui fut de courte durée… Car, visiblement peu convaincu par la comédie qu'elle lui jouait, il lui décocha un regard de braise avant de s'étendre lentement sur la chaise longue – exhibant sans pudeur son corps quasiment nu, sa peau ferme, la fine toison noire qui partait de sa poitrine pour disparaître sous son short.

Anaïs comprit alors que c'était *cette épreuve-là* qui relevait de la mission impossible.

Javid s'allongea sur le ventre. Il se réjouissait de voir sa femme prise au piège de l'arroseur arrosé, maintenant qu'il pouvait respirer normalement, fermer les yeux et savourer le souvenir du contact de cette peau satinée. Cette peau d'une douceur insoupçonnable... Oui, surnaturelle !

Il lui avait fallu tout son sang-froid pour retenir une exclamation en posant pour la première fois les mains sur ses jambes fines et galbées. Des jambes de déesse... Il avait senti leur souplesse, deviné leur rapidité. À l'horizontale et en ciseaux autour d'un homme, ces jambes-là devaient rendre fou.

Comme Anaïs massait maintenant ses cuisses, il étouffa un grondement de plaisir.

Ce n'était pas pour rien qu'il s'était entraîné à ne jamais tomber sous le joug des femmes. Même lorsqu'il en mettait une dans son lit, il n'oubliait pas qu'il s'agissait de créatures capables d'administrer un poison mortel. Sa mère lui avait démontré que son affection était aussi changeante et susceptible de disparaître que la lune dans la nuit.

Aussi, Javid s'était-il exercé à se contenter d'activités physiques avec les femmes. Le sexe, et rien d'autre. C'était clairement dit lors de la rencontre, et chacun repartait de son côté sans regrets ni faux espoirs.

En revanche, et comme en opposition à cette frivolité, Javid avait aimé se rendre indispensable au sein du gouvernement de Jukrat, puis aux côtés d'Adnan, à Riyaal.

En diplomatie et, désormais, dans l'exercice du pouvoir exécutif, il récompensait la loyauté d'autrui par la sienne.

Anaïs n'était pas seulement son épouse. En quelque sorte, il s'agissait de son associée – sa partenaire au pouvoir dans les affaires du pays.

La contradiction était flagrante : lui qui refusait d'accorder sa confiance à une femme… il y était contraint ! Ce dilemme le taraudait – et il demeurait donc vigilant.

— Ça va ? demanda-t-elle. Je te sens tendu… Tout va bien ?

Il réprima un sourire, car elle venait encore de se dévoiler involontairement.

— Mais oui, ça va très bien. Je n'ai pas à me plaindre, répondit-il en lui coulant une œillade de braise.

Il n'avait pas eu besoin, jusqu'alors, de sortir le grand jeu pour conquérir une femme, mais… il y avait un début à tout. À son rôle de souverain, et à celui de mari.

En tant que roi d'un pays pour lequel il avait déjà bataillé dur ces derniers mois, il avait un défi à relever. Il fallait à tout prix que dix ans plus tard, il remette à son successeur une nation plus forte, plus riche et plus sereine.

Quant à sa femme et à son dilemme… Il voulait bien accorder sa confiance à la reine tant qu'elle serait auprès de lui. Dans une certaine mesure. Oh oui ! il y aurait des limites !

— Tourne-toi.

Il obéit et glissa les mains sous sa nuque tandis qu'elle passait de la crème sur son torse. Puis… Elle lâcha soudain un petit glapissement de panique. Javid suivit la direction de son regard, au niveau de son short qui formait une tente, et il s'esclaffa :

— Ah oui ! C'est inévitable ! Un peu comme toi tout à l'heure.

De l'index, il désigna ses tétons visibles sous le fin tissu de son bikini. Naturellement, elle devint écarlate.

Prestement, elle se leva, jeta le tube de crème sur sa serviette et déclara :

— J'ai envie de nager. Tu peux finir seul ?

Il ôta ses lunettes noires pour lui sourire.

— Excellente idée ! Je te rejoins tout de suite. Nous avons besoin de faire retomber la température avant que les choses s'emballent… Inutile de scandaliser le personnel dès le premier jour.

Sans répondre, Anaïs tourna les talons et se dirigea droit vers le plongeoir depuis lequel, par un mouvement gracieux et déterminé, elle sauta dans l'eau.

Il la regarda onduler sous la surface avec aisance et rejaillir, sa longue chevelure trempée et brillante. Elle s'entêta à l'ignorer et se mit à faire des longueurs dans le bassin d'eau de mer.

Javid la rejoignit. Il adorait goûter la douceur des eaux turquoise de Bora Bora ici, dans cette piscine, et lécher ses lèvres après son tout premier plongeon, comme quand il était enfant.

Durant un bon moment, ils nagèrent à quelque distance l'un de l'autre, savourant ce plaisir simple et revigorant.

Enfin, essoufflée, Anaïs s'enquit :

— Qu'est-ce que tu as prévu ? Dix jours entiers à nager et à bronzer ? Moi je ne pourrai pas.

— Pourquoi ? Quand as-tu pris des vacances pour la dernière fois ?

Elle parut réfléchir et avoua :

— Aucune idée.

— C'est ta réponse à quelle question ? demanda-t-il.

Elle lui décocha un regard soupçonneux, comme s'il avait forcément une arrière-pensée. Encore ! Qui avait donc pu la rendre si méfiante ? Quel genre de traumatisme expliquait son attitude, qu'elle soit toujours sur le qui-vive ? Il congédia cette curiosité déplacée. De toute façon, tout le monde avait droit à son jardin secret, non ?

Mais il sentait sa curiosité faire de la résistance... Comme s'il lui était extrêmement difficile d'admettre que cette loi générale s'applique à sa femme.

— Et toi ? insista-t-elle. Tu as l'intention de te contenter de rester là, à entretenir ton bronzage ?

Il rit.

— Non. Hélas ! je suis bien trop actif pour me contenter de me laisser aller. Mon énergie demande à être consommée.

Il la vit devenir écarlate et s'esclaffa encore :

— Détends-toi ! Je ne parlais que du travail. Il n'y avait aucun sous-entendu sexuel dans ma remarque, mais... je me réjouis de constater que tu as l'esprit si mal tourné !

— Moi ? protesta-t-elle, visiblement outrée. Comment peux-tu prétendre savoir à quoi je pensais ?

Toujours hilare, il nagea dans sa direction et, s'arrêtant juste devant elle, posa un doigt sur ses pommettes brûlantes. Elle frémit sans chercher, toutefois, à repousser cette caresse.

— Parce que tu te trahis toute seule, expliqua-t-il.

Revenant au mode défensif, elle l'éclaboussa. Puis, sous l'eau, elle s'efforça de repositionner correctement le haut de son bikini sur sa poitrine. Comme il suivait chacun de ses gestes d'un regard fasciné, elle protesta :

— La seule personne qui ait l'esprit mal tourné ici, c'est toi !

— Allons, allons... Ne nous disputons pas devant le personnel. À moins que tu n'aies également l'intention de leur offrir le spectacle de notre réconciliation ?

Il s'amusait beaucoup. Mais alors qu'il s'attendait qu'elle

le rabroue une nouvelle fois, elle le stupéfia en l'imitant : elle encadra soudain son visage de ses mains et caressa ses pommettes.

Délicatement, elle promena ses doigts fins et doux sur sa peau trempée. Javid sentit ses muscles se tendre. Dans ses artères, un courant furieux se mit à rugir.

— Bien sûr, mon chéri, roucoula-t-elle en faisant glisser la main jusque sur sa nuque. Je partage ton avis à 100 % : il ne faudrait surtout pas donner l'impression à nos employés que nous ne nous apprécions pas…

Javid sentit un nœud se former dans sa gorge. Hélas ! il aurait fallu qu'il soit de pierre pour résister à une telle tentation. Pour ne pas s'approcher, poser la main sur sa taille et l'attirer un peu plus près.

Lorsqu'elle promena la main jusque sur sa bouche, tout le monde aurait pu croire, à une certaine distance, à une caresse très érotique précédant un baiser… Alors qu'il s'agissait du contraire. Elle pressait les doigts sur ses lèvres charnues, l'empêchant d'approcher : c'était un avertissement.

Loin d'en être irrité, Javid sentit son excitation augmenter. Ce geste avait quelque chose de bestial. Il ne put résister au plaisir d'aspirer la dernière phalange du majeur d'Anaïs entre ses lèvres avant d'y enrouler la langue. La puissance érotique de ce geste décupla son excitation. Naturellement, pas seulement la sienne ! Non sans délectation, il la regarda rougir, prendre un air coupable.

Elle manqua s'étouffer et lui décocha un regard assassin, tandis qu'il continuait à lécher son doigt avec langueur. Puis, elle retira la main.

— Tu ne m'as toujours pas informée de la nature des activités que tu comptes entreprendre ici, lui rappela-t-elle avec un ton de reproche.

Reculant à son tour, il sourit.

— Pour la fin de l'après-midi, je nous ai organisé une croisière. C'est le meilleur moyen d'avoir un aperçu du lagon, des îlots, et de profiter pleinement du coucher du soleil. Les autres jours…

Il marqua un temps avant d'enchaîner :

— Je devrai me consacrer au gouvernement. Je ne te cache pas que tu auras pas mal de temps libre.

Elle le fixa longuement, haussant les sourcils.

— « Pas mal » ? répéta-t-elle.

Il confirma d'un hochement de tête, arrimant au sien un regard affamé.

Leurs étranges préliminaires lui donnaient envie de poursuivre ces jeux. De multiplier les parties. De tricher.

— Oui ma chère. J'aurai quand même besoin de toi occasionnellement. Nous avons entériné un accord, tu t'en souviens ?

Une ombre passa sur le visage d'Anaïs. Durant une seconde, il crut avoir rêvé – mais non. S'il s'était agi de n'importe qui d'autre, il l'aurait interprétée comme de la déception.

— Bien sûr que je m'en souviens, dit-elle enfin.

Entre soulagement et frustration, il effleura sa joue d'un baiser – uniquement au bénéfice de leur public, bien sûr… et non par besoin de vérifier que la douceur de sa peau était aussi divine que dans son souvenir.

— J'ai une conférence téléphonique à diriger, dit-il. Tu seras escortée jusqu'à la jetée dans trois heures : ne sois pas en retard.

Le regard qu'elle lui lança lui était indéchiffrable, et il se hâta de regagner son bureau.

8.

Trois heures plus tard, Anaïs attendait sur la jetée. Sa robe du soir avait la coupe d'une robe bain de soleil : simple, légère, agréable à porter. La soie verte avait la teinte exacte de ses yeux, s'accordant aussi à la rivière d'émeraudes qui étincelait à son cou. La parure comprenait des pendants d'oreilles qui illuminaient son visage ; un trait d'eye-liner et un rouge à lèvres mat avaient suffi à la transformer en amazone de la nuit.

Mais ce n'était pas sa nouvelle collection de bijoux qui retenait, pour l'heure, son attention. Bouche bée, Anaïs levait les yeux sur le yacht amarré à quelque distance. Long d'une centaine de mètres, le vaisseau de luxe exhibait fièrement ses multiples ponts. Il était gardé par sept officiers – lui rappelant, au cas où elle l'oublierait, leur statut de couple royal. De toute évidence, même une excursion de fin d'après-midi à Bora Bora devait faire l'objet d'une sécurisation totale.

Souriante, Anaïs rendit leur salut aux membres de l'équipage qui l'invitaient à emprunter la passerelle.

— Bienvenue à bord, Votre Majesté ! déclara le capitaine. Veuillez me suivre, s'il vous plaît.

Dans un coin du premier pont, le regard plus sombre que jamais, Javid parlait en arabe à toute vitesse au téléphone. Son inquiétude était palpable.

Il avait revêtu un smoking noir, et son pouvoir de séduction semblait alors illimité. Anaïs devait admettre que son mari pouvait rivaliser avec n'importe quelle star hollywoodienne. C'était tout le problème : comment résister à un homme qui lui coupait le souffle dès qu'il apparaissait quelque part ?

Et elle, à côté… De quoi avait-elle l'air ? D'une cendrillon de pacotille, pensa-t-elle.

Pourtant, lorsqu'il la vit arriver, Javid mit fin hâtivement à sa communication et s'approcha d'elle. Et à l'instant où il déposa un baiser sur sa joue, elle sentit une onde électrique la parcourir.

Le capitaine sourit et s'éloigna. Elle revint sur terre : ce baiser, c'était pour la galerie, bien sûr… Mais elle n'oubliait pas qu'il se donnait du mal pour lui offrir le voyage de ses rêves et lui adressa un sourire ébahi.

— Quand tu as parlé de croisière en fin d'après-midi, j'imaginais un petit catamaran… Pas *ça* !

— Tu es déçue ? répliqua-t-il d'un ton où perçait une anxiété sincère.

Anaïs secoua la tête en riant.

— Non, bien sûr que non.

Se rappelant son air préoccupé un instant plus tôt, elle enchaîna :

— Que se passe-t-il ? Est-il arrivé quelque chose à Riyaal ?

— Rien qui doive t'inquiéter, lui assura-t-il.

Anaïs fronça les sourcils.

— Il s'agit de mon royaume aussi, Javid. S'il te plaît, explique-moi.

Il resta silencieux un moment, puis échangea un regard entendu avec le capitaine, et Anaïs regarda les membres de l'équipage s'activer.

Le yacht glissait sur l'eau avec tant d'aisance et de naturel qu'il fallut à Anaïs une ou deux minutes avant de réaliser qu'ils étaient partis. Accoudée au bastingage, elle fixa l'horizon. Orange, le soleil s'en approchait, faisant scintiller de mille reflets la surface de la mer et révélant la proximité du récif corallien.

Un verre à la main, la caresse du vent sur le visage, elle aurait été en train de vivre un moment parfait si Javid n'avait paru si soucieux.

Il lâcha un soupir et expliqua :

— Il n'y a rien de surprenant à ce que mon couronnement éveille des jalousies, de la colère. Nous avons quelques dissidents dans le royaume, et…

— Des dissidents ? s'inquiéta-t-elle.

— Oui, mais rien qui ne puisse se régler avec le temps, lui assura-t-il.

— De qui s'agit-il, Javid ? insista-t-elle.

— Du chef de la famille Al-Mejdi. Adnan lui a fait des promesses qu'il n'a pas tenues, et il considère qu'il devait être consulté au même titre que le Conseil des Sages pour désigner le nouveau souverain.

Anaïs soupira. Elle savait que, de père en fils, depuis des décennies, cette puissante famille se montrait très hostile au pouvoir en place à Riyaal.

— Laisse-moi deviner : il voulait proposer le nom de son fils, c'est ça ?

— Exactement.

— Et que comptes-tu faire ? Sa capacité de nuisance est importante, n'est-ce pas ?

Javid parut réfléchir.

— Pour le moment, je ne vois rien d'autre que le dialogue diplomatique.

Lors de sa mission en tant que « conseiller spécial »,

Javid avait également été en charge du règlement de conflits intérieurs, se rappelait Anaïs.

— Et si ça ne donne rien ? reprit-elle, craignant que le « dialogue diplomatique » soit un monologue.

— Comment cela ? Tu doutes des talents de ton mari, *habibi* ?

Ce mot tendre lui fit battre le cœur à coups redoublés, mais elle parvint à afficher un sourire détaché.

— Non, je doute de la bonne volonté de cet individu. Et il me semble qu'il vaut toujours mieux avoir un plan B, non ?

— Certes. Le mien comprend une sanction, mais si tu es porteuse d'une suggestion, je t'écoute.

— Oui, je pense en avoir une, déclara-t-elle avec aplomb.

Comme il la dévisageait avec une attention soutenue, elle enchaîna :

— Fais en sorte que ces gens se sentent importants. Respectés. Je connais les Al-Mejdi : il y a trois fils et deux filles qui veulent jouer un rôle dans le royaume. Trouve dans quel domaine ils sont doués, et dès que le père acceptera le principe d'une négociation avec toi, offre-leur des postes à la mesure de leurs ambitions. Dans le même temps, ne cède rien au père : ce sont les enfants qui régleront le problème.

Durant quelques secondes, Javid resta silencieux. Et enfin, il sourit.

— C'est une solution intéressante : flatter leur fierté… J'y songerai si le jeu diplomatique se tend encore.

Il ne la quittait pas des yeux. En fait, après l'avoir longuement dévorée du regard, il observa :

— Assez parlé boutique pour aujourd'hui, ma chérie. Tu es splendide. Époustouflante.

— Non, le corrigea-t-elle, le spectacle époustouflant est derrière toi.

Il suivit son regard et, comme elle, s'accouda au bastingage. Le ciel zébré de rouge et de rose chatoyait au soleil couchant.

— C'est bien pour venir l'admirer et pour nulle autre raison que nous sommes ici, non ? demanda-t-elle. D'ailleurs, c'est un peu cliché. Tu y vas fort.

— Au contraire, je crois que j'ai vu juste, se défendit-il. Avoue que tu es émerveillée. Personne n'est blasé face à une telle splendeur.

Impossible, en effet, de se montrer insensible à ce prodige de la nature, pensa-t-elle.

Le flamboiement du soleil reflété sur l'eau à partir du ciel floutait la séparation des deux éléments. On aurait dit qu'un astre et une comète en flammes s'attiraient inexorablement, sur un grand fond multicolore et mouvant transpercé de bleu turquoise.

— Tu sembles si songeuse... Que se passe-t-il dans cette tête bien remplie ? s'enquit-il en se rapprochant encore.

Grisée par son parfum, Anaïs s'efforça de ne pas trembler. Le sourire de Javid en cet instant était... dévastateur. Et son regard aussi intense, aussi fascinant que le coucher du soleil.

De façon inattendue, il posa un doigt sur sa rivière d'émeraudes avant d'en dessiner le contour sur la peau de son cou. Elle eut l'impression qu'un tsunami de désir l'emportait.

— J'attends notre prochain duel avec impatience, murmura-t-il à son oreille, faisant défiler dans son imagination des images troublantes.

Un « duel » ?

Le mot était très ambigu, sauf sur un point : il les plaçait face à face, à égalité. Il contenait en outre un défi qu'Anaïs brûlait de relever.

Elle tourna les yeux vers les dessins pourpres du ciel, et son cœur fit un bond. Ce coucher de soleil auprès d'un homme beau à tomber, en guise d'inauguration de leur lune de miel sur une île du Pacifique… N'était-ce pas tout ce dont elle rêvait autrefois ?

Oui. Avant.

Avant la trahison, avant d'avoir le cœur brisé.

— Si tu continues à faire cette tête d'enterrement, je vais me sentir vexé, observa Javid d'un ton narquois.

Lentement, elle reporta son attention sur lui.

— Ni mes humeurs ni le monde ne tournent autour de toi, tu sais, répondit-elle.

— Désolé, mais au début de notre voyage de noces, j'ai la prétention de monopoliser tes humeurs, tes pensées, tes émotions. Je ne les partagerai avec personne d'autre ! la prévint-il en la toisant d'un regard possessif et arrogant.

Anaïs en fut stupéfaite.

— C'est seulement que… Je ne pensais pas me trouver un jour dans ces circonstances, avoua-t-elle.

Javid parut perplexe, puis son visage se rembrunit.

— Tu veux dire que tu espérais vivre ces « circonstances » avec un autre homme ? Ton ex-fiancé peut-être ? Car tu as été fiancée, n'est-ce pas ?

Impitoyable, il plantait son regard transperçant dans le sien, confirmant ce qu'elle redoutait : il savait. Bon sang ! quel aspect de son histoire avec Pierre lui restait encore inconnu ?

— Aurais-je dû avoir l'indélicatesse et le mauvais goût de commander un rapport sur ta vie passée, moi aussi ? demanda-t-elle avec acidité.

Il haussa les épaules.

— Je ne l'ai fait ni par indiscrétion ni par plaisir.

— Ah non ? Et pourquoi, alors ? Tu pouvais tout simplement me dem…

— Tu es restée en contact avec lui ? la coupa-t-il.

Anaïs serra les dents.

— Toutes les relations ne se terminent pas de façon amicale.

Le regard de Javid brillait de curiosité.

— Que s'est-il passé ?

Elle observa un bref silence.

— Si je te réponds que je n'ai aucune envie d'en discuter, tu cesseras de me questionner ?

— Oui. Mais alors cela restera un mystère, et je n'aime pas les mystères, répondit-il avec une franchise désarmante.

Ou bien avec une arrogance dépassant toute mesure, songea-t-elle aussitôt. Néanmoins, Anaïs ne pouvait s'empêcher d'être sensible à l'intérêt qu'il lui portait.

— Bon, soupira-t-elle. Eh bien, puisque tu veux tout savoir, il m'a trahie de toutes les manières dont un homme peut trahir une femme. Je me suis aperçue qu'il n'avait pas du tout renoncé à sa vie de casanova. Infidèle un jour, infidèle toujours, n'est-ce pas ?

En prononçant ces mots, elle planta son regard dans le sien.

— Attends un peu, c'est moi que tu mets en accusation ? protesta-t-il.

— Peux-tu prétendre que tous les play-boys ne sont pas coulés dans le même moule ? répliqua-t-elle avec rage.

D'où lui venait cette colère ? Du fait qu'elle ne parvenait pas à retrouver dans l'attitude de Javid les méthodes de Pierre ?

— Je me fiche de savoir comment font les autres, déclara-t-il froidement. Mais en ce qui me concerne, jamais, *pas une seule fois* je n'ai dit ou fait quoi que ce soit incitant une femme à penser que notre liaison serait autre chose qu'un bref moment de plaisir.

Il la toisa d'un œil sévère et ajouta :

— Je ne fais pas de fausses promesses.

Sans se laisser démonter, Anaïs lui renvoya le même regard glacial.

— Ah ! Donc, c'est leur faute si leurs sentiments changent en cours de chemin et si elles sont blessées à la fin ?

— Tu espères déstabiliser un diplomate avec des hypothèses gratuites, ma chérie ? ironisa-t-il. Qu'est-ce qui te fait croire qu'une seule femme de mon passé aurait nourri des sentiments profonds pour moi ?

— Il me semble que tu éludes ma question.

— En aucun cas. Je t'ai répondu de façon claire, mais si tu tiens à te convaincre que j'ai quelque chose de commun avec l'homme qui a trahi ta confiance, tu devrais peut-être faire ta propre analyse.

Irritée par cette nouvelle dérobade de la part de Javid, Anaïs ne put cependant répondre : un jeune homme en uniforme vint les chercher pour les conduire à une ravissante table dressée pour eux sur un autre pont.

De là, ils admirèrent le ciel mauve et la magie crépusculaire. Durant un long moment, tout en sirotant une coupe de champagne, ils se laissèrent porter par la poésie du paysage. Les bougies sur la table, le son d'un saxophone sur un tourne-disque, l'apparition des étoiles au-dessus de leurs têtes… Anaïs n'avait aucune envie de revenir à leur querelle : lorsque le serveur apporta un magnifique plateau de fruits de mer, elle sourit à Javid, et ils profitèrent de leur soirée en harmonie.

Il était si facile de se laisser porter par l'atmosphère romantique du yacht, si tentant de se laisser séduire par Javid que plus tard, sur un air de jazz, elle se laissa convaincre de danser avec lui.

La tête posée sur son épaule, elle s'abandonna aux mouvements languides d'un slow. Leurs cœurs battaient à l'unisson, mais c'était un hasard, elle en était sûre. La parfaite synchronicité de leurs gestes ? Une illusion. Grisée par son parfum, elle se rappela comment il avait nié ressembler à Pierre – être un séducteur comme les autres. Pourquoi avait-elle tellement envie de le croire ? Qu'espérait-elle ? Un baiser ? Davantage ?

Sa main sur sa taille était comme une empreinte de feu, et Anaïs sentait son sang se liquéfier. Comme elle relevait les yeux vers lui, il lui décocha un regard taquin.

— Quels tourments tu t'infliges, *habibi* ! Ce doit être épuisant, non ? C'est un vrai miracle que tu tiennes encore debout.

Anaïs lui renvoya un air impénétrable.

— J'ai peut-être des réserves insoupçonnées. Une endurance qui défie ton imagination, précisa-t-elle.

Une flamme s'alluma dans le regard de Javid, et elle réalisa que ses paroles pouvaient être comprises comme une invitation indécente.

— Attends une seconde, murmura-t-il. Il y a un piège... Si je te mets au défi de me montrer cette endurance infinie et ces réserves inépuisables, tu vas encore m'accuser de machisme ou de goût du cliché ?

Anaïs s'esclaffa avant d'objecter :

— Ce ne serait pas le cas, d'après toi ?

Il leva les yeux au ciel.

— Peut-être, admit-il à contrecœur. Oui, je suis un homme viril qui aime tenir une femme ravissante dans ses bras. Mais il y a longtemps que je sais que tu disposes de réserves cachées. D'une endurance à toute épreuve.

Je trouve même que c'est excitant alors qu'à ma place nombreux seraient les hommes à avoir peur.

Anaïs rit de plus belle.

— En fait, ce n'est pas à moi que tu fais un compliment ! C'est à toi-même.

Un pli d'amusement apparut entre les yeux de Javid.

— Pourquoi pas à nous deux ? suggéra-t-il. Je dis seulement que nous avons l'avantage de pouvoir obtenir ce que nous voulons sans en passer par toutes les étapes habituelles du jeu.

Anaïs pouvait entendre ce discours comme une marque de complicité. Le genre de complicité dont elle n'osait plus rêver avec un homme depuis… Depuis sa rupture avec Pierre.

Mais venant de Javid, ces mots pouvaient également être compris comme une manœuvre de reprise du pouvoir. Une tactique.

— C'est du bluff double ou triple ? demanda-t-elle, soupçonneuse.

Une émotion étonnante passa sur le visage de son mari. On aurait dit de la déception, mais c'était impossible. Absurde.

Ils continuèrent à danser un moment, mais l'atmosphère avait changé. Une distance s'était installée entre eux, et elle ne les quitta plus du reste de la soirée.

Après l'avoir escortée jusqu'à sa cabine, Javid lui souhaita une bonne nuit d'une voix glaciale et disparut.

Tant mieux. Elle avait réussi à passer une soirée romantique en compagnie de Javid sans succomber à ses charmes : c'était une victoire.

Même si, en allant se coucher, elle sentait un grand vide dans sa poitrine.

9.

Pour la troisième fois d'affilée, Javid se retrouva sur la terrasse de sa chambre à une heure indue.

À cause de sa femme.

Depuis leur arrivée à Bora Bora, elle le rendait à demi fou. D'un côté, elle se montrait pleine de bonne volonté afin de régner avec lui, lui soufflant des idées innovantes, qu'il lui était reconnaissant de formuler avec tant d'intelligence. Pour la première fois de sa vie, il se sentait moins seul dans l'exercice de son travail, et sa charge de roi lui paraissait moins lourde. Et puis, vis-à-vis du personnel et de tous ceux qui les croisaient, elle donnait le change sans se faire prier : s'il effleurait sa joue d'un baiser devant une cuisinière, elle lui rendait aussitôt la pareille en posant la main sur la sienne, en lui souriant avec chaleur.

En revanche, s'ils étaient seuls… Elle avait fini par succomber aux charmes de toutes les activités nautiques possibles sur l'île, et lui infligeait un véritable défilé de bikinis en nageant dans l'eau transparente, et en en sortant, l'eau ruisselant sur ses bras dorés, son ventre plat, ses jambes de gazelle… Dans le cadre d'un tête-à-tête *jamais* elle ne lui permettait de l'approcher. Elle se dérobait à toute forme d'approche de sa part.

Ce rejet systématique réveillait ses blessures intimes. Durant toute son enfance, il avait tout fait pour obtenir la tendresse de sa mère, le respect de son père – en vain. Il n'avait eu droit à leurs sourires qu'en public.

S'agissait-il de l'éternel retour de ce schéma ?

La poitrine comprimée par l'angoisse, il fixa le ciel. Au moins, depuis son arrivée ici, il n'avait pas manqué un seul lever de soleil.

Portant sa tasse à ses lèvres, il avala une gorgée d'arabica bien fort, serré à l'italienne, en formant le vœu futile de chasser sa femme de ses pensées avant d'avoir bu la dernière goutte de son café.

Le bruit d'une porte-fenêtre s'ouvrant lui confirma que ça n'arriverait pas : Anaïs sortait de sa chambre et traversait la terrasse.

— Oh ! tu es là !

Il avait entendu ses pas sur les dalles et – hélas ! – l'intonation déçue de sa voix.

— Modère ton enthousiasme, répliqua-t-il en se tournant lentement vers elle.

Oh ! bon sang ! Était-ce à cause de son sevrage sexuel depuis Santa Barbara ? Sans maquillage, encore ébouriffée par le sommeil, un déshabillé de satin marine noué sur sa nuisette assortie, elle lui paraissait éblouissante. Irrésistible.

— C'est du café ? demanda-t-elle en désignant la carafe thermos sur le chariot déposé par un domestique une heure auparavant.

Une nouvelle fois, elle évitait soigneusement son regard, constata-t-il.

— Je peux ? ajouta-t-elle.

Javid acquiesça d'un hochement de tête et la regarda approcher du chariot, prendre une tasse et se servir. Chacun de ses gestes était gracieux. Précis.

Elle portait des mules en velours soulignant la finesse

de ses chevilles, et il contempla le dessin de ses jambes en transparence de son déshabillé.

— Alors, quel est le programme pour aujourd'hui ? s'enquit-elle.

Il haussa les épaules.

— La torture continue, je suppose, répondit-il.

— Pardon ?

Ce fut la fausse surprise d'Anaïs qui lui permit de basculer du vague à l'âme à la colère. Comment osait-elle prétendre ne pas comprendre ?

— Tu as fait de la plongée, du ski nautique, du jet-ski, de la planche et du char à voile. Tu as bronzé sur toutes les plages de l'île tout en offrant à qui voulait le voir le spectacle convaincant de la jeune épouse épanouie. Apparemment, tu tiens beaucoup à ce que ton voyage de noces soit une pleine réussite ! Alors je crois que c'est plutôt à toi de me dire ce que nous allons faire aujourd'hui. Toi et moi.

— Javid, je…

Ne supportant pas qu'elle cherche une excuse, il se leva, alla droit vers elle et la prit par les épaules, avant de plonger le regard dans le sien.

— Et si tu m'embrassais non par devoir, mais par *désir* ? Parce que tu en as *envie* ?

Il lut l'effroi dans son regard bleu-vert.

— Non, Javid, nous ne devons pas…

— Je suis certain que si, affirma-t-il. Nous *devons.* Suivre nos instincts, nos élans.

Il la lâcha et poursuivit :

— Ce n'est pas moi que tu cherches à convaincre, Anaïs. Si tu n'as pas envie de moi, tu peux partir. Mais l'un comme l'autre, nous méritons la vérité, tu ne crois pas ?

Immobile, il la fixa. Comme si elle était en proie à un terrible conflit intérieur, elle resta face à lui, superbe avec ses longs cheveux cascadant sur ses épaules et sa jolie bouche en cœur entrouverte. Indécise. Hésitante.

— Dis-le, Anaïs, la pressa-t-il. Maintenant. Dis-le.

— Je… Je ne crois pas que…

— Arrête de réfléchir. Prends ce que tu désires, ma reine. Et ne t'en excuse pas !

Le regard embué d'Anaïs glissa sur son torse nu. Il ne portait rien d'autre que son caleçon. Après être restée longuement interdite à fixer son torse, elle arrêta les yeux sur l'élastique noir de son sous-vêtement.

Lorsqu'elle s'humecta les lèvres, il eut la certitude de ne pas s'être trompé.

— Dis-le, Anaïs, répéta-t-il doucement.

Il dut attendre encore quelques secondes avant qu'elle murmure :

— Oui, j'ai envie de toi, Javid.

Incapable de résister davantage, il l'attira contre lui et l'embrassa avec volupté. Sa bouche était si pulpeuse, si chaude, si accueillante… À peine eut-il introduit la langue entre ses lèvres que la sienne vint la chercher et l'entourer. Puissamment érotique, leur baiser l'enivrait comme il ne l'avait jamais été auparavant.

Il n'aurait su dire pourquoi sa femme exerçait un tel empire sur sa libido, comment diable elle parvenait à faire naître en lui des sensations si fortes. Le plaisir qu'il éprouvait à la sentir fondre entre ses bras dépassait ses attentes. Il sentait son corps mince et souple à sa merci, et la pressa davantage contre son torse afin de prolonger leur baiser.

Avec passion, il glissait les doigts dans sa chevelure de soie brune, si douce qu'elle décuplait son désir.

Il avait envie de la voir nue, de lui donner du plaisir, de l'entendre crier sa jouissance…

Il interrompit leur étreinte et, le souffle court, la souleva dans ses bras pour la porter jusque dans sa chambre.

La pièce était plongée dans une semi-pénombre, avec les rideaux presque entièrement tirés et le premier rayon du soleil qui filtrait. Plutôt que de déposer Anaïs sur l'immense lit, il la remit sur le sol et, arrimant son regard au sien, défit le nœud de la ceinture de son déshabillé.

Le silence qui régnait dans la pièce était hautement excitant. Anaïs lui rendait son regard brûlant. Jamais le vert de ses yeux n'avait été si sombre, aussi prometteur de mystères et de trésors qu'une forêt sauvage. Comme lui, elle cherchait sa respiration.

D'un geste languide, il fit tomber son déshabillé à terre. Elle ne portait plus que sa nuisette. Il contempla sa gorge gracile, ses épaules et ses bras fins. La dentelle effleurait ses seins, laissant apercevoir ses tétons roses. Durcis.

Fou de désir, il la fit basculer sur le lit et enfouit le visage dans son cou pour y déposer une traînée de baisers brûlants. Enfiévrée, Anaïs plongea les doigts dans ses cheveux et descendit au creux de sa nuque, puis jusque sur ses omoplates, provoquant des décharges électriques en lui.

Lorsqu'il posa la main sur ses cuisses, elle étouffa un gémissement. Elle avait la peau si satinée qu'elle agissait sur lui comme une drogue et, longtemps, il glissa les paumes sur toute la longueur de ses jambes, se délectant de leur galbe parfait. Enfin, il vint chercher la zone sensible de son entrecuisse. Durant une fraction de seconde, Anaïs s'immobilisa. Puis, elle l'embrassa avec ferveur, et il la regarda écarter les cuisses.

Il remonta lentement. Très lentement, sans répondre aux protestations étouffées qu'elle lâchait, haletante. Sa main effleura l'antre en feu de son sexe avec une infinie délicatesse. Sa toison était fine et trempée, et lorsqu'il traça un petit cercle autour de son clitoris, elle se cambra entre ses bras et gémit.

— Pas si vite, la prévint-il en montant sur elle.

— Oh ! Javid…

— D'abord, la coupa-t-il, je veux te voir !

Cette infernale nuisette n'avait pas d'ouverture, alors sans hésiter il la déchira. D'un geste, il l'ouvrit en deux – et jeta ce qui en restait à terre.

Anaïs ouvrit grand la bouche puis sourit en murmurant :

— Tu es fou !

Ses yeux s'étaient agrandis de désir, elle avait le souffle court.

— Oui, je suis fou. C'est toi qui me fais tourner la tête.

Ses seins étaient ronds, petits et pleins, et ses tétons pointaient droit vers lui.

Il posa sa bouche affamée sur ces adorables boutons de fleur. À mesure qu'il les happait et qu'il les embrassait, Anaïs se tortillait de plaisir. Incapable de s'en détacher, il les léchait et les aspirait, ne s'interrompant que pour tracer, du bout de la langue, des sillons de feu autour de ses aréoles.

Il poursuivit cette caresse posant une main sur son sexe. Lorsqu'elle se mit à onduler du bassin, il descendit entre ses cuisses et enfouit la langue dans les boucles brillantes de sa toison. À chacune de ses initiatives, elle répondait avec une allégresse qui décuplait son envie d'elle. Aucune de ses maîtresses n'avait jamais abordé leurs ébats avec tant de naturel, tant de candeur !

Avec une langueur étudiée, il introduisit la langue dans sa chair tremblante et chaude. Les frémissements d'Anaïs l'excitaient autant que sa façon de planter les ongles dans ses cheveux, comme pour l'inciter à se montrer plus audacieux encore.

Il voulait connaître chaque variation du goût de sa peau, s'enivrer de son suc.

Elle était divine… addictive.

Voir son mari en caleçon sur la terrasse avait été une nouvelle torture. Il y avait des jours qu'elle avait tout loisir d'admirer sa musculature sans pouvoir y toucher… À sa demande, elle avait déposé les armes – et ne le regrettait pas.

Sans même s'en rendre compte, rien qu'en refermant les cuisses sur ses joues et en se laissant aller à ses caresses expertes, aux prodiges de sa langue, elle venait de connaître le plaisir ultime : il l'avait conduite à son premier orgasme.

Son cœur se mit à battre avec la force d'un tam-tam lorsqu'elle vit Javid ouvrit le tiroir de sa table de chevet et en sortir un préservatif.

Sa gorge devint soudain sèche. Il *fallait* qu'elle lui parle. Maintenant, puisqu'elle ne l'avait pas fait plus tôt… Pourquoi avait-elle gardé le secret sur sa virginité ? Comme il revenait vers elle, elle se sentit fondre de désir et profita de ce qu'il était occupé avec le carré de plastique pour le toucher.

Aimantée par ce corps de dieu de l'Olympe, elle caressa ses pectoraux doux et fermes, et promena les doigts dans la fine toison noire qui sinuait jusqu'à son sexe. Fascinée par la force et la taille de ce membre dressé pour elle, elle renonça à un aveu de dernière minute : pour rien au monde elle ne voulait risquer de gâcher la suite de leurs ébats.

Et dès qu'il se pencha sur elle pour réclamer ses lèvres, elle s'accrocha follement à son cou. En moins d'une seconde, une même fièvre les gagna, et son sang se mit à bouillir dans ses veines comme il s'allongeait sur elle. Leurs corps semblaient s'épouser à la perfection, et elle s'abandonna à un délicieux vertige, alors qu'il la pénétrait d'un puisant coup de reins.

La brûlure était stupéfiante et exquise, mais le…

— Aïe ! s'écria-t-elle.

La douleur avait été brève, mais aiguë…

Pétrifié, Javid plongea le regard dans le sien.

— Anaïs ? demanda-t-il d'une voix où perçait la peur.

Comme elle fuyait son regard, il se retira avant de s'allonger contre elle et de poser tendrement la main sur sa joue.

— Anaïs, je veux que tu me dises ce qui se passe, insista-t-il. Je t'ai fait mal, et c'est…

— C'est passé, le coupa-t-elle. Ce n'était rien. C'est seulement que je n'avais jamais… Enfin, tu comprends.

Non, il ne comprit pas tout de suite. Visiblement sidéré, il resta muet quelques instants avant de protester :

— Tu as évoqué tes ex ! Le soir de notre mariage, tu menaçais de les faire venir en régiment… Tu as été fiancée… Comment est-ce possible ?

— Avoir eu des petits amis ne signifie pas forcément qu'on a couché avec eux, avança-t-elle, les joues rouges d'embarras.

De plus en plus scandalisé, il lui retourna un regard lourd de reproches.

— Quel argument tordu !

Pourquoi semblait-il furieux ? N'aurait-il pas dû se réjouir, sinon en tant qu'homme au moins en tant que roi, d'être le premier pour la reine de Riyaal ? La virginité n'était-elle plus valorisée dans sa culture ?

— Ce n'est pas un argument, c'est la réalité ! s'énerva-t-elle. Il se trouve que je n'ai jamais eu le désir de… Je n'ai jamais…

Le visage de Javid exprima soudain un profond remords, et il posa délicatement un doigt sur ses lèvres.

— Chut ! Tu n'as rien à m'expliquer. Nous y allons y aller tout doucement, quand tu te sentiras prête.

— Mais je *suis* prête ! affirma-t-elle d'une voix suppliante.

Javid arrima au sien un regard empli d'inquiétude.

— Tu en es sûre, *habibi* ?

— Viens, je t'en prie. Viens !

Leur baiser, d'abord tendre et langoureux, se fit bientôt passionné, enfiévré. Quand Javid revint en elle, elle sentit une vague de plaisir l'inonder.

— Encore, demanda-t-elle, comme il n'osait pas s'enfoncer plus.

Il se montra si prévenant, et la pénétration fut si progressive qu'elle sentit en elle comme un volcan passant par toutes les phases avant l'éruption. Le plaisir qui irradiait dans son corps la poussait au gré d'un torrent furieux. Persistant, son vertige lui donnait envie d'aller plus loin, toujours plus loin.

Bientôt, Javid imprima à leur corps-à-corps un rythme régulier, et elle s'enroula autour de ses reins afin de l'inviter à s'enfoncer toujours plus profondément. Un tsunami de sensations nouvelles et fantastiques déferlait sur elle. Elle gémissait de plaisir et ne contrôlait pas ses cris.

— Oui… oh oui ! Oh oui !

Dans leurs ondulations, leurs corps s'épousaient à la perfection, ne faisant plus qu'un, et elle sentait sa chair s'épanouir, s'offrir sans cesse davantage au plaisir.

Enfin, une onde d'une violence sublime la secoua, et elle jouit une deuxième fois. Son orgasme fut si puissant qu'elle en resta tremblante un long moment après, lovée au creux de son épaule.

En sueur, Javid contemplait le visage d'Anaïs, blottie dans ses bras, tout contre lui. C'était le visage de la femme la plus surprenante qu'il ait jamais rencontrée. Et ce qu'elle venait de lui permettre de vivre… Jamais il ne l'oublierait.

Vierge.

Une heure plus tôt, il était certain que faire perdre sa virginité à une femme était une responsabilité dont il préférait se passer. Il aurait juré qu'il ne voulait pas de ce fardeau et qu'une maîtresse idéale avait déjà une certaine expérience de l'amour physique.

Mais être le premier à lui faire connaître la jouissance avait agi comme un puissant aphrodisiaque. Que leur première fois en tant que mari et femme soit aussi sa première fois *à elle*… Il n'aurait su dire pourquoi, mais c'était étourdissant. Prodigieux.

Javid aurait préféré ne pas se sentir aussi bouleversé, et pourtant son émotion était à son comble. Anaïs lui avait fait un cadeau inestimable. C'était la première fois que quelqu'un lui confiait quelque chose de si précieux : son innocence et sa confiance.

Il avait l'impression qu'une lumière nouvelle rayonnait en lui. Que ce trésor qu'elle lui avait offert faisait de lui un homme neuf.

Oui, il aurait été vain de le nier, quelque chose avait changé pour lui. Quelque chose de fondamental. C'était si évident que la terreur succéda immédiatement à la conscience de cet événement.

Prenant Anaïs dans ses bras, il traversa la pièce avec elle.

— Où m'emmènes-tu ? s'enquit-elle en riant.

— Prendre un bain.

Comment était-il possible qu'il ait encore envie d'elle ? Si vite ? Il fallait qu'il se calme… Mais il n'avait pas envie de se priver du contact de son corps.

Aucune raison de s'inquiéter, se dit-il.

Oui, cela ressemblait à la découverte d'une drogue

irrésistible… Et ça passerait. Forcément, ça passerait. Aussi pouvait-il se permettre d'en profiter.

Il la garda contre lui tandis qu'il s'asseyait au bord de la baignoire pour faire couler l'eau et y dispenser une généreuse rasade de sels parfumés au jasmin.

Le bassin en cuivre, luxueux, était vaste et muni de plusieurs robinets afin que son remplissage soit rapide. Quand le bain fut prêt, Javid tint Anaïs par les mains, geste de galanterie destiné à l'aider à s'installer.

En s'enfonçant dans l'eau pour la rejoindre, contrairement à ce qu'il escomptait, il n'eut guère la satisfaction de dompter son érection. Afin d'accélérer le processus, il se posta derrière elle et prit une grande éponge naturelle pour la savonner.

Son désir persistait, mais il éprouvait un tel sentiment de bien-être qu'il finit par l'oublier.

— Tu ne me dois aucune explication, dit-il avec prudence. Mais si tu veux bien m'en parler, j'aimerais savoir pourquoi tu as souhaité rester vierge jusqu'à aujourd'hui, *habibi*.

10.

À faire le décompte de toutes les premières fois qu'elle venait de vivre depuis qu'elle s'était levée ce matin-là, Anaïs avait le tournis. Un tournis rendu plus délicieux encore par l'expérience du plaisir charnel dans les bras de Javid – un univers de sensations entièrement nouveau qui s'était ouvert à elle.

Mieux valait qu'elle profite de ce moment de magie pure, car au fond de son esprit la voix de la raison lui soufflait qu'elle devrait bientôt établir une date d'abdication… et de divorce.

Oh non ! elle n'écouterait pas cette voix ce jour-là ! Elle préférait remonter sur son petit nuage, là où elle ne pouvait imaginer être plus heureuse qu'en ce moment-là, là où la seule compagnie qu'elle désirait était celle de Javid.

— Anaïs ? Tu as entendu ma question ?

C'était si bon de sentir ses mains et l'éponge lui caresser le dos qu'elle hocha la tête, prête à lui répondre.

— Oui. Mais je ne peux pas te dire grand-chose de plus. Les circonstances ont fait que je n'ai pas été amenée à vivre cela avant aujourd'hui… Voilà tout.

Comme elle sentait sa langue lui chatouiller le cou, elle ajouta en souriant :

— Et si tu veux vraiment tout savoir, les aventures d'une nuit ne m'ont jamais tentée.

— Rien qu'au son de ta voix, répondit-il, derrière ce rejet du plaisir fugitif, je perçois une souffrance.

Décidément, cet homme ne manquait pas d'intuition. Elle soupira avant d'admettre :

— C'est vrai. Ma mère a eu de nombreux amants au fil de mon enfance. Elle semblait avoir besoin d'un homme auprès d'elle à une fréquence de plus en plus soutenue. Une fréquence qui…

Elle s'interrompit.

— Qui te paraissait suffisamment en contradiction avec les conventions sociales pour peser sur toi ? suggéra-t-il.

Anaïs se retourna et, posant les chevilles sur les épaules de Javid, s'adossa à un repose-tête.

Il la considérait d'un regard plein d'empathie. Un regard grave et bienveillant.

— Oui, dit-elle. Et plus je grandissais, plus ces hommes semblaient penser que j'étais comme ma mère. Ils partaient du principe que je serais forcément flattée par leurs attentions.

— Quoi ? s'offusqua-t-il. Est-ce que l'un d'entre eux a tenté de…

— Non, l'interrompit-elle. Me faire des avances, oui, mais oser un geste déplacé, jamais. Le problème, c'est que chaque fois que ma mère s'apercevait que son dernier compagnon en date rivait les yeux sur moi, elle le quittait pour lui trouver un remplaçant.

Tout de suite. Tout le temps. Anaïs était éberluée par le rythme de consommation sexuelle de sa mère, et avait mis longtemps à comprendre que les relations entre hommes et femmes n'étaient pas calquées sur ce modèle qui, au contraire, faisait figure d'anomalie.

Mais le pire était que sa mère s'était aperçue qu'Anaïs n'allait pas bien, et qu'elle lui avait promis qu'elle se sentirait mieux si elle suivait son exemple : si elle se « trouvait un mec ».

— Je comprends que tu aies fui dans le sens inverse, dit Javid. Tu t'es protégée derrière une apparence de princesse des glaces qui t'aidait à tenir les hommes à distance. J'imagine que ça a fonctionné.

Son sixième sens força encore son admiration.

— Pas mal, admit-elle. À condition d'oublier le principal effet indésirable : le regard de ma mère. Notre relation s'est distendue quand elle a vu que je ne suivais pas ses conseils de l'imiter, de tourner autour des garçons. Elle l'a vécu comme une marque de prétention de ma part, une manière d'affirmer que j'étais mieux qu'elle, plus vertueuse, plus digne de respect… En réalité, je ne la jugeais pas. Je cherchais seulement à ne pas lui emboîter le pas.

Javid hocha la tête en l'écoutant.

— Mais alors, comment as-tu fait pour changer d'avis au point de te fiancer ?

Il y avait une petite note aiguë dans sa voix. Une note inhabituelle qu'Anaïs aurait interprétée comme de la jalousie chez n'importe qui d'autre que son mari. Précisément parce qu'il ne pouvait éprouver aucun sentiment pour elle, elle lui expliqua :

— Je pensais que Pierre était différent. Il faisait tout pour m'inciter à le croire.

— Vraiment ? demanda-t-il d'un ton sec. Dans la mesure où tu ne te laisses jamais impressionner par qui que ce soit, je suis curieux de savoir comment il s'y est pris.

Anaïs n'appréciait guère l'accent de dureté dans sa voix, et elle répliqua avec humeur :

— En m'assurant qu'il était un play-boy repenti !

En prononçant ces mots, elle s'aperçut qu'ils étaient moins douloureux. Moins percutants. Le temps faisait-il son ouvrage ? En tout cas, les sentiments d'échec et de chagrin qu'elle éprouvait vis-à-vis de Pierre s'estompaient avec son souvenir.

— Je ne comprends toujours pas comment tu en es venue à te fiancer avec lui tout en refusant qu'il te fasse l'amour.

Cette fois, Anaïs rougit. Elle n'était pas fière de son rôle dans cette histoire, raison pour laquelle elle ne s'était guère épanchée auprès de qui que ce soit, à l'époque. Elle avait néanmoins envie de partager avec Javid cet épisode de son passé.

— Eh bien… En fait, nous travaillions ensemble, Pierre et moi. Ce n'est pas une très bonne base pour une histoire d'amour et… Pour ne rien arranger, c'était mon patron. Nous avons commencé à sortir ensemble quelques mois après son arrivée à la tête de l'entreprise. Il ne m'a pas traitée de femme frigide après plusieurs dîners sans « dernier verre », ce qui me changeait de mes précédents petits amis. C'était d'autant plus excitant et flatteur qu'il traînait une réputation de don Juan : il me donnait l'impression d'être spéciale. À part.

— Il jouait avec trois coups d'avance, observa Javid.

Elle acquiesça.

— Oui.

Encore maintenant, elle avait honte de ne pas l'avoir compris plus tôt.

— Il visait donc le long terme, non ? reprit Javid avec curiosité. Pourquoi ?

— Je ne sais pas. Je ne l'ai jamais su. Au final, cela n'a guère d'importance. Quand il a découvert que je savais qu'il n'avait pas changé, il m'a reproché de ne pas l'accepter tel qu'il était. De ne pas savoir fermer les yeux sur ses incartades perpétuelles. Puis il a admis qu'il avait pris du bon temps avec moi, et que je leu avait perdu sa fraîcheur.

Elle secoua tristement la tête en se remémorant le torrent de reproches et de révélations sortis, ce jour-là, de la bouche de Pierre.

— Il voulait toujours m'épouser, enchaîna-t-elle. Parce que, selon lui, j'étais le genre de femme que les hommes comme lui épousaient par sens de la respectabilité. Une respectabilité dont je bénéficierais, moi aussi : je ne devais donc rien attendre de sa part en retour. Lorsqu'il a précisé qu'il me renverrait l'ascenseur, c'est-à-dire qu'il me donnerait le droit de m'offrir des liaisons dès que notre mariage serait prononcé, j'ai refusé d'en écouter davantage.

Javid serrait les mâchoires. Elle l'entendit lâcher un juron tout bas. Puis, il la considéra d'un air grave et lança :

— Je n'ai pas besoin de te rappeler que tu es souveraine d'un royaume indépendant et prospère, désormais. En tant que reine, tu disposes de bien des outils et d'un arsenal très varié pour lui faire regretter sa conduite inqualifiable.

Anaïs se mordit la lèvre pour ne pas sourire. Faisant mine d'être offusquée, elle répondit :

— Tu n'oserais pas suggérer que je me serve de mon pouvoir pour assouvir une vengeance personnelle ?

Naturellement, elle n'en ferait jamais rien. Elle devait toutefois admettre que le fait que ce soit possible était cathartique. Immoral, mais cathartique !

— Non, ma reine. Ce n'est pas ce que j'ai dit, répondit-il d'un ton complice en plantant son regard de braise dans le sien.

Tandis que le désir remontait dans ses veines avec la vigueur d'une sève printanière, elle songea à leur rôle. Leur union était consommée, ce qui faisait d'eux, de plein droit, le roi et la reine de Riyaal.

Mais pour combien de temps ?

L'empêchant d'envisager cette question plus longtemps,

Javid s'enfonça dans l'eau pour approcher et l'embrasser avec volupté. Le cœur battant, elle savoura l'incomparable plaisir de sentir ses lèvres se poser sur les siennes.

— Félicitations, murmura-t-il.

— Pour… Pourquoi ? balbutia-t-elle, troublée.

— Pour avoir échappé à l'influence de ta mère, puis à celle de ton fiancé. Il fallait du courage, et tu n'en as pas manqué.

Anaïs déglutit avec peine.

— Je croyais que tu étais diplomate, et non psychologue de comptoir.

Il rit et murmura :

— Détends-toi. Nous allons laisser le passé dormir pour le reste de la journée au moins. J'ai quelques activités à soumettre à ton approbation…

Anaïs sourit et se laissa envelopper dans un peignoir moelleux tandis que son mari nouait un drap de bain assorti autour de ses reins.

Comme il essuyait délicatement ses longs cheveux, elle ferma les yeux, savourant un léger vertige.

— Mais maintenant que je te connais un peu mieux, conclut-il, j'ai plus que jamais envie de relever le défi et de me distinguer, ma chérie !

En dépit de l'avertissement très clair de Javid, Anaïs alla de surprise en surprise au cours des jours qui suivirent.

Au début, elle crut qu'elle aurait tort de le prendre au mot, mais elle s'aperçut vite que son mari était un homme de parole, et que tout engagement de sa part était tenu.

Leurs nuits étaient blanches ; ils faisaient l'amour du coucher au lever du soleil si Javid travaillait, et souvent l'après-midi. Entre deux étreintes, elle aimait discuter avec lui. Il était brillant, elle appréciait son humour et portait beaucoup d'intérêt à l'entendre lui relater les affaires de leur pays. Comme lui, elle avait envie d'accompagner la transformation de Riyaal, d'encourager avec force toutes les initiatives audacieuses et novatrices.

Ils débattirent de l'intérêt d'organiser l'Exposition universelle à Riyaal. Il s'agissait d'une occasion unique de montrer les talents et les ressources culturelles internationales tout en faisant rayonner le patrimoine de Riyaal. C'était Yasmine qui avait insisté auprès d'Adnan pour qu'il obtienne la validation du Bureau International des Expositions. Hélas ! après l'octroi de ce sésame administratif, Adnan n'avait pas investi une once d'énergie dans le projet.

L'enthousiasme d'Anaïs parut séduire Javid, et lorsqu'elle le mit au défi de lui accorder le droit de composer l'équipe de communication de l'événement, il l'étonna encore en acceptant sur-le-champ.

C'était peut-être la qualité qu'elle appréciait le plus chez lui : l'écoute. Il accordait 100 % de son attention à la personne avec qui il discutait.

Et si cette attention était accordée à l'horizontale… Son mari se révélait insatiable – et elle aussi ! Sexuellement, ils étaient au diapason, et Anaïs s'épanouissait davantage chaque jour : sa découverte du plaisir n'avait pas de fin, et Javid se prêtait à toutes ses demandes, à tous ses jeux. Sa confiance en elle était tellement bien nourrie que jamais elle ne s'était sentie si forte, si sereine. Si joyeuse.

Jusqu'à ce que… La date de la fin de leur mariage commençait à l'obséder. Cette date n'existait pas, et pourtant c'était une épée de Damoclès au-dessus de sa tête.

Comme ils dînaient sur la terrasse au clair de lune, elle sentit que Javid était tendu et lui prit la main

— Qu'est-ce qu'il y a ? Depuis que tu m'as rejointe ici ce soir, j'ai l'impression que tu as une boule dans la gorge.

Un sourire triste apparut sur son visage.

— Un peu, oui, admit-il.

— Dis-moi ce qui ne va pas, Javid…

Il soupira.

— Les négociations sont au point mort avec les Al-Mejdi. Le père a rallié son fils aîné à sa cause et, tous les deux, ils incitent les autres enfants à refuser les postes que je leur propose.

— Oh !

Déçue, elle réfléchit. Aucune solution miracle ne lui venait à l'esprit.

— Quelles sont tes intentions ? demanda-t-elle.

— Je ne pense plus avoir le choix, répondit-il en soutenant son regard.

Le timbre de sa voix était sombre et résolu.

— Je leur ai donné une semaine pour examiner ma dernière offre. Par la même occasion, cela nous permettra d'établir une stratégie tous les deux. Mais il va nous falloir…

— Rentrer à Riyaal, compléta-t-elle. Oui, je comprends.

Le regard qu'il plongeait dans le sien révélait tout de ses regrets – les mêmes que les siens. Non, elle ne doutait pas qu'ils soient sur la même longueur d'onde.

Bora Bora avait été une révélation non seulement pour elle, mais aussi pour leur couple. Le couple qu'ils formaient en tant qu'amants déchaînés, mais aussi… le roi et la reine, tenus d'affronter les difficultés de leur royaume.

Dix heures plus tard, dans le jet qui les ramenait vers leurs devoirs, Anaïs était heureuse qu'ils aient pu s'offrir une dernière étreinte face à la mer – et une autre dans leur lit, puis une toute dernière dans la salle de bains.

Car au matin, un nouvel appel sur la ligne d'urgence du roi leur annonçait que la famille Al-Mejdi venait de publier un communiqué officiel mettant en cause la probité du Palais royal de Riyaal. Autrement dit, le paterfamilias de ce clan leur déclarait la guerre !

Il exigeait désormais la restitution sans contrepartie financière de plusieurs territoires acquis par le roi Adnan. Or, depuis l'arrivée de Javid au pouvoir, ces terres étaient sanctuarisées en réserves pour la faune et la flore sauvages… Il ne s'agissait plus de communication ou d'image.

Dès leur arrivée, son mari disparut dans la salle du Conseil, et Anaïs ne le revit plus de la journée. Considérant que cette crise politique ne relevait pas de ses compétences et que personne, sinon Javid, n'était à même d'y apporter une solution, elle se concentra sur la préparation de l'Exposition universelle. Au cours des cinq semaines suivant leur retour à Riyaal, elle multiplia les réunions et les visites, rencontra des écoles de scientifiques, des ingénieurs, des industriels et des artistes, les conservateurs des plus grands musées et des architectes de renommée mondiale.

Il s'agissait de se noyer dans le travail et de ne surtout pas se demander pourquoi.

Javid rentrait si tard, la nuit, qu'une fois sur deux, il s'écroulait sur son lit et ne dormait que quatre heures avant de retourner dans son bureau aux aurores. Il était tellement accaparé par les affaires du pays qu'elle n'osait réclamer du temps pour eux. De toute façon, les rares fois où ils parvenaient à prendre un repas en tête à tête, le smartphone de son mari ne cessait jamais de vibrer et d'afficher chaque fois cinq, dix ou quinze nouveaux messages…

Depuis Bora Bora, c'était tout juste s'ils avaient réussi à partager trois nuits entières… Trois nuits magiques et mémorables. Et bien sûr, elle adorait qu'il la rejoigne dans son lit après minuit, qu'il la réveille par d'ensorcelantes caresses buccales. Elle avait conscience d'être intoxiquée à sa peau. À son parfum. À ses mains et à sa voix, à sa bouche et à son regard complice, qui lui faisait follement battre le cœur…

— Est-ce que tout va bien, Votre Majesté ? lui demandait Faiza matin et soir.

— Bien sûr, pourquoi ça n'irait pas ? répondait-elle, le regard absent.

La mise sur pied de ce chantier titanesque et si enrichissant pour son royaume la comblait de joie. L'équipe chargée de la communication et de la publicité de l'événement étant désormais réunie, et le comité de direction – 100 % féminin – étant formé, elle se concentrait sur des tâches familières.

Ce matin-là, en pyjama de soie sur la terrasse de sa chambre, elle tentait de se convaincre que le rythme effréné du roi et de la reine allait s'apaiser. Qu'il s'agissait d'une phase normale et incontournable – et que, non, il n'en serait pas toujours ainsi ! Elle ne pouvait pas, ne voulait pas croire que leur lune de miel s'inscrivait comme une exception impossible à renouveler avant… Des mois ? Des années ?

Et puis les discussions à bâtons rompus avec Javid lui manquaient. Elle avait envie de le voir sourire, d'entendre son rire moqueur.

Le pire, c'était encore d'être auprès de lui sans pouvoir le toucher. Elle souffrait de devoir être assise à l'extrémité opposée de la table lors de banquets et de dîners officiels où il lui aurait fallu une paire de jumelles pour être certaine que l'homme installé face à elle était bien son mari. C'était indigne de la part d'une reine, se répétait-elle. Elle s'en voulait de manquer de force de caractère. Bon sang ! elle n'était pas le genre de femme qui avait besoin de la validation d'un homme pour croire en ce qu'elle faisait, ou en ce qu'elle était ! Il fallait qu'elle cesse de se ronger les sangs dès qu'elle ne le voyait plus durant quelques heures. C'était lamentable. Elle valait mieux que ça. Bon sang ! elle était reine !

Pourquoi, mais pourquoi avait-elle les larmes aux yeux et le cœur lourd alors qu'elle allait passer un après-midi merveilleux dans les montagnes ? Avec les femmes du comité, elle partait en bus afin de choisir plusieurs lieux stratégiques pour l'Exposition. Elle n'aurait pas dû éprouver autre chose que fierté, gratitude et impatience…

Comme le majordome entrait dans sa suite avec le chariot du petit déjeuner, elle vint le saluer et le remercier. Mais à peine eut-elle senti l'odeur des œufs brouillés au saumon qu'elle se précipita dans la salle de bains pour arriver juste à temps au lavabo…

Oh non ! Encore ! C'était la troisième fois de la matinée, et elle accepta que Faiza fasse discrètement monter le médecin du palais.

En l'attendant dans son salon, allongée sur un divan, Anaïs refusait de tirer des plans sur la comète. Non, probablement pas. Ce ne *pouvait pas* être ce à quoi elle pensait !

11.

— Félicitations, Votre Majesté ! s'exclama la jeune praticienne d'un ton enjoué.

Avec professionnalisme, elle ajouta :

— Ce serait un honneur si vous me permettiez de vous assister durant les mois à venir, jusqu'à la naissance du bébé.

Il y avait plusieurs jours qu'Anaïs songeait à ce diagnostic sans oser y croire. Maintenant que c'était officiel… Elle avait le cœur qui battait la chamade.

— Euh… oui. Bien sûr. Oui… Merci ! balbutia-t-elle.

Elle avait l'impression de flotter, telle une bulle de savon !

— Naturellement, certaines activités sont à proscrire sur-le-champ, à commencer par l'équitation. Et si vous me le permettez, je vais faire transmettre à vos cuisines des recettes de cocktails vitaminés. Sachez que les nausées matinales risquent de persister, mais nous allons…

Anaïs hocha la tête sans écouter un mot de plus. Elle était enceinte.

Enceinte !

Pendant que le médecin lui faisait une prise de sang, elle voyait des étoiles dans un ciel rose et bleu. Javid et elle allaient avoir *un bébé* !

Elle allait devenir maman. Et Javid, papa.

Oh ! bon sang ! C'était à peine s'ils étaient parvenus à échanger deux mots depuis un mois. Elle commençait tout juste à chercher comment lui annoncer la nouvelle quand la porte de son appartement s'ouvrit avec fracas et que l'intéressé se dressa devant elle.

Ses yeux de félin se posèrent sur la généraliste. Après avoir esquissé une révérence, celle-ci disparut, visiblement terrifiée.

— Qu'est-ce qui se passe, ici ? tonna-t-il dès qu'elle eut disparu. Pourquoi ne suis-je pas au courant quand ma femme est souffrante ?

Reportant son attention sur elle, il s'enquit avec angoisse :

— Qu'est-ce que tu as ?

Sans attendre sa réponse, il se jeta à genoux devant elle et la scruta comme si son visage allait lui révéler les symptômes d'une maladie mortelle.

— Mais… Rien ! lui assura-t-elle, stupéfaite de le voir si inquiet.

— « Rien » n'a jamais fait vomir quelqu'un pendant une heure ! opposa-t-il.

Anaïs serra la mâchoire en maudissant son majordome. Mieux valait ne pas tourner autour du pot. Elle lui sourit, planta le regard dans le sien et annonça :

— Je suis enceinte.

À peine eut-elle prononcé ces mots que le visage de Javid se décomposa. Il devint livide, et elle lut l'effroi le plus pur dans ses yeux. Ou l'horreur ? La colère ?

En tout cas, ce n'était pas l'expression d'un homme fou de bonheur – ni même d'un homme surpris.

— Mais… Non, dit-il lentement.

Il la fixait avec effarement et ajouta :

— *Non*. Ce n'est pas possible.

— Et pourtant si, répliqua-t-elle avec amertume.

Un courant d'air glacial soufflait en elle. Elle avait la sensation de tomber dans un gouffre sans fond. La distance, le rejet… Oui, elle avait déjà aperçu l'expression de Javid sur le visage de sa mère. Sur celui de Pierre.

— Tous nos rapports ont été protégés, insista-t-il en serrant les poings, visiblement révolté.

Elle rejeta sa remarque d'un haussement d'épaules.

— Nous ne sommes ni les premiers ni les derniers à qui cela arrive.

Comme il ne disait rien, elle enchaîna :

— Il faudra attendre les résultats de mon analyse pour connaître le calendrier avec exactitude, mais il semble que ma grossesse remonte à six semaines.

Bora Bora. S'agissait-il de leur toute première étreinte ? Malgré elle, elle souriait béatement. C'était magique et…

Mais ce n'était magique *que* pour elle : loin de revenir d'une sorte d'état de stupeur, Javid paraissait de plus en plus effondré.

Soudain, Anaïs se rappela ce qu'il avait dit avant leur mariage : « Les enfants ne sont absolument pas ma priorité… Nous devrons donc satisfaire le peuple de Riyaal par d'autres moyens. »

Oh ! bon sang ! Impitoyables et aussi clairs que l'eau d'un glacier, ces mots la frappèrent au cœur. Javid avait déjà réfléchi à ce sujet… Il ne voulait pas de leur enfant !

Un long silence pesa dans la pièce, avant qu'elle le rompe.

— Et maintenant ? s'enquit-elle.

Elle le regarda froncer les sourcils.

— Maintenant, il ne nous reste plus qu'à consulter un spécialiste, afin de pratiquer des tests plus poussés et de voir s'il y a confirmation du diagnostic.

L'air excédé, il poursuivit :

— Et ensuite, après la période de précaution préconisée par le corps médical, nous lancerons le communiqué officiel.

Sa voix n'aurait pas été plus sombre, ses épaules moins

voûtées s'il avait envisagé l'annonce d'un décès royal. En quelques secondes, les espoirs qu'Anaïs nourrissait depuis leur merveilleux séjour dans le Pacifique volèrent en éclats.

Ses fantasmes. Ses rêves idiots.

Quelle imbécile elle avait été !

— Bien, lâcha-t-elle en se levant. Il n'y a donc plus rien à dire pour le moment.

C'était une invitation très claire à la laisser, et elle espérait qu'il comprendrait le message et partirait sans discuter.

Ou plutôt, stupide comme elle était, elle espérait qu'il la retiendrait, qu'il la serrerait dans ses bras et qu'il crierait sa joie de devenir père…

Se relevant prestement, il acquiesça d'un hochement de tête et tourna les talons. Il allait partir quand il se retourna pour demander :

— Tu as besoin de quelque chose ?

Oh oui ! Elle avait désespérément besoin de lui. Mais plutôt que de céder à ce cri du cœur, elle releva le menton et répondit sèchement :

— Non.

Sans un mot, il disparut. Anaïs s'effondra sur les coussins du divan. Elle tremblait. Dans toute sa crudité, la vérité venait de lui exploser en plein visage. Celle qu'elle fuyait depuis des semaines… Leur complicité magique avait été une parenthèse. Un moment d'exception réservé à Bora Bora, parce qu'ils étaient en voyage de noces. Point final.

Ce qu'elle avait cru lire dans ses yeux, ce qu'elle avait cru éprouver en dormant dans ses bras, après avoir fait l'amour… Cela n'avait *jamais* existé. Elle s'était bercée d'illusions !

Et désormais, alors qu'ils étaient liés pour toujours par cet enfant, jamais ils n'avaient été plus éloignés l'un de l'autre.

D'un geste instinctif, elle posa la main sur son ventre. De même qu'elle devait protection à son peuple et qu'elle comptait assumer son rôle avec dévouement, elle se jura de préserver son enfant de la froideur de son père. Quoi qu'il lui en coûte, elle garantirait à sa fille ou à son fils une enfance épanouie et remplie d'amour.

Deux jours avaient passé depuis qu'Anaïs lui avait annoncé sa grossesse. Les affaires personnelles qu'elle laissait dans sa suite avaient disparu, et elle avait fait poser un verrou sur la porte de communication de leurs appartements.

Le message était clair : elle se claquemurait chez elle, refusant de le voir en privé.

Même le jour où son frère l'avait prié – ou plutôt sommé – de succéder à Adnan, Javid avait été moins abasourdi qu'en apprenant que sa femme était enceinte. Et plus que jamais, il avait besoin de passer ses nuits auprès d'elle, de se nourrir de leur connexion, parce que c'était le lien le plus fort qu'il avait jamais tissé avec un autre être humain.

Il n'aurait su dire à quel moment, à Bora Bora, il était tombé dans la dépendance… Et dans l'obsession. Raison pour laquelle il s'était servi des Al-Mejdi comme d'un alibi, afin de rentrer au palais et de rétablir une distance salvatrice entre lui et la femme qui accaparait ses pensées.

Un enfant… Un héritier au trône ! Une responsabilité de toute une vie qui exigerait bien davantage que de la diplomatie de sa part. Des sentiments. Des émotions. Tout ce dont il avait été lui-même privé au cours de son enfance. D'où son désir de ne pas devenir père, de ne pas avoir à assumer un rôle qu'il serait incapable d'honorer.

Même si quarante-huit heures s'étaient écoulées depuis que la bombe lui avait explosé en pleine face, il en tremblait encore. De bon matin, il se retrouvait à faire les cent pas dans son bureau, où il avait passé les deux nuits précédentes.

Son regard tomba sur la liste des derniers appels qu'il n'avait pas pris. Le nom de sa mère y figurait.

Sa poitrine se comprima sous l'effet de la culpabilité. Depuis le mariage de Tahir, sa mère tentait par tous les moyens de le joindre, de rétablir le lien brisé avec son fils cadet…

Trop peu, trop tard, pensait-il.

Selon son frère, elle avait été privée d'exercer pleinement son rôle de mère : leur père aurait exigé d'éduquer lui-même ses héritiers afin de leur transmettre le goût du pouvoir. En échange, elle était couverte de cadeaux et envoyée faire le tour du monde…

Mais quelle importance avaient les causes ? Le résultat était le même : Javid avait été entièrement délaissé, ignoré par ses parents. Il n'avait pas le droit d'infliger ce traitement à un enfant innocent – et il s'y refusait.

De plus en plus désemparé, il fit encore trois fois le tour de la pièce avant d'appeler Tahir.

— Tu as vu quelle heure il est ? Les horloges ne fonctionnent pas à Riyaal ? s'insurgea son aîné d'une voix ensommeillée.

Javid entendit un vague murmure à l'autre bout de la ligne suivi d'un long soupir de son frère.

— Ma femme me suggère de me montrer plus aimable, reprit-il. Bon, dépêche-toi de me dire ce qui t'arrive, que je puisse retourner dans ses bras.

Javid fit la grimace, par jalousie et parce qu'il n'aimait pas imaginer son frère dans ce contexte.

— C'est un concours de silence ? ironisa Tahir. Alors, frangin ? Tu as perdu ta langue ?

Prenant une grande inspiration, Javid lâcha :

— Ma femme est enceinte.

Il ne lui était pas difficile d'imaginer l'expression de son frère, tandis qu'il se redressait contre ses oreillers.

— Ah ! Cela signifie que tu retires ta menace de me démembrer parce que je t'ai fait monter sur le trône de Riyaal avec elle ? Je ne m'attendais pas que le mariage te fasse si vite changer d'avis, mais je m'en…

— Tahir, le coupa-t-il, excédé par l'ironie de son frère.

— D'accord. Tu sais, il n'y a pas si longtemps, je me suis retrouvé dans la même situation que toi. Je ne peux pas te mentir : cela va changer ta vie entière. Et c'est merveilleux.

Il y avait tant d'émotion dans la voix de Tahir que Javid en fut déstabilisé.

— Épargne-moi les petits oiseaux qui chantent et le ciel tout bleu, répliqua-t-il sèchement. Ce dont j'ai besoin, c'est de…

De quoi ? Il n'en avait aucune idée.

— Tu as besoin d'entendre que les manques de notre enfance ne pèseront pas sur ton enfant ? C'est ça ? Désolé, je n'ai pas de baguette magique. C'est un défi qu'il faut relever et affronter main dans la main avec ta femme.

— Oui, mais euh… Tu sous-entends que le couple doit être soudé, et… C'est ce qui me fait défaut, avoua-t-il.

— Dans ce cas, tu sais où se trouve ta priorité, frangin. Ce n'est pas le moment de te montrer ambivalent. Il faut absolument que tu lui dises ce que tu veux et, plus important encore, que tu l'écoutes te parler de ses besoins *à elle*.

Anaïs était tellement forte, tellement indépendante… Et si elle n'avait pas besoin de lui ? Après avoir raccroché, il lui fallut quelques minutes pour chasser la vulnérabilité qui menaçait de le noyer.

Le soleil était en train de se lever sur son royaume.

Oui, sa mère s'était bien gardée de répondre à ses besoins les plus élémentaires. Oui, son père l'avait traité avec le mépris dû au suppléant, au second fils, celui qui n'est pas appelé à régner à moins d'une tragédie. Mais est-ce que cela l'avait empêché de se forger un caractère, une identité, une voie bien à lui ? Après avoir gagné l'admiration de ses pairs au niveau international en tant que diplomate, il assumait désormais la responsabilité pleine et entière d'une nation. S'il oubliait ce qu'il avait construit pour ne retenir que ce dont il était frustré, il se retrouverait ainsi chaque matin, à se morfondre.

Vanité, lui souffla la voix de sa conscience.

Dans l'intérêt de son enfant à naître, était-il prêt à cesser de fuir ses peurs ?

Non. Pas seulement dans l'intérêt de son enfant. Pour Anaïs aussi. Pour la femme qui accaparait son esprit et enflammait son corps d'une façon qu'il n'aurait jamais crue possible. Celle dont un seul regard pouvait le rendre heureux. Son épouse, sa reine, qui avait également conquis, en un temps record, l'estime de leur peuple…

Il cessa de tourner en rond en comprenant ce qui lui arrivait. Malgré le défi qu'avait représenté leur union arrangée, ils avaient réussi à trouver l'harmonie parfaite à Bora Bora. Certes, l'arrivée d'un bébé représentait un enjeu infiniment plus grand, mais lorsqu'ils triompheraient ensemble des difficultés, ils connaîtraient sans doute un bonheur inespéré !

L'adrénaline se mit à fuser dans ses veines tandis qu'il traversait la pièce à grands pas pour pousser les portes de son bureau et se planter devant son secrétaire.

Amin, qui effectuait le service de nuit à la place de Wilfried, sursauta et leva vers lui de grands yeux hagards.

— Puis-je faire quelque chose pour vous, Votre Majesté ?

— Oui. Décale de toute urgence tous mes rendez-vous et mes réunions de cet après-midi.

— Très bien, Votre Majesté, répondit Amin en s'efforçant de ne pas trahir sa stupéfaction. Serez-vous néanmoins disponible ce matin ?

— Non. Je pars prendre le petit déjeuner avec ma femme. D'ailleurs, c'est auprès d'elle que j'entends passer la journée entière et…

Le visage d'Amin s'était décomposé.

Javid fronça les sourcils.

— Qu'est-ce qu'il y a ? gronda-t-il

— Mais c'est que… Sa Majesté la reine n'est pas au palais. Il y a une heure qu'elle est partie avec son comité en visite de sites pour l'Exposition universelle : elle sera absente jusqu'à ce soir.

La déception de Javid fut si vive qu'il songea à rejoindre Anaïs sur place, mais… Après leur dernier échange, apprécierait-elle qu'il vienne ainsi malmener son agenda ? Il reprit rapidement ses esprits et ordonna :

— Dans ce cas, oublie mes instructions, mais fais-moi appeler dès son retour.

— Certainement, Votre Majesté.

Sans surprise, la concentration de Javid ne revint pas de la journée. L'irritation de son équipe finit par devenir visible quand, aux alentours de 14 heures, il demanda pour la centième fois si sa femme était rentrée.

— Non, Votre Majesté, répondit son assistant au bord de l'implosion.

Durant le reste de l'après-midi, toutes les dix minutes son secrétariat lui adressa un texto l'informant que la reine n'était pas revenue.

Aussi Javid fut-il surpris quand Wilfried frappa et entra dans son bureau en fin de journée, l'air visiblement paniqué.

— Qu'est-ce que c'est ? s'enquit-il.

— Sire, un attentat a eu lieu sur le site que visitait la reine. Elle… Elle a été enlevée.

Le sifflement à ses oreilles fut si douloureux que Javid crut avoir les tympans percés. Quelque chose lui vrillait les tempes…

— Quoi ?

— Il semble que les auteurs de l'attentat aient utilisé un gaz soporifique pour neutraliser les personnes qui l'accompagnaient. Faiza, la secrétaire de Sa Majesté, se trouvait auprès d'elle et pourra vous en dire davantage, car aucune revendication n'a encore été…

— Mais où est-elle ? A-t-on osé toucher à un cheveu de sa tête ? tonna-t-il.

Sans attendre la réponse de Wilfried, il se leva.

— Qu'on me conduise sur place sur-le-champ, ordonna-t-il.

C'était un cauchemar. Un cauchemar qu'il ne souhaitait pas à son pire ennemi.

12.

En revenant à elle, Anaïs sentit une crampe dans son épaule gauche. Le son d'un animal se léchant l'avait réveillée. Comme elle se relevait doucement, elle fut assaillie par une forte migraine.

Elle battit des cils. Elle était allongée sur un divan dans une pièce sans fenêtres, mais vaste et aérée. Un parfum fleuri flottait dans l'air, et elle distingua un bouquet sur une table, à côté d'une carafe d'eau.

Un adorable petit chien la considérait de ses grands yeux et se mit à aboyer avec une rage inattendue avant de décamper.

Seules des bribes de souvenirs lui revenaient sous forme de flashs et, paniquée, elle posa une main sur son ventre. Son cœur battait sur un rythme frénétique lorsqu'une jeune femme très élégante entra dans la pièce, suivie d'un homme arborant une expression peu amène.

Anaïs déglutit lentement et s'astreignit au calme, même si son système cardiaque refusait d'entendre cette consigne. Lorsque l'inconnue lui tendit un verre d'eau, elle le prit, mais n'en but pas une gorgée en dépit de sa soif.

— Savez-vous qui je suis ? demanda l'homme.

Anaïs ne voyait aucune forme de suspense dans son kidnapping. Car elle était au moins sûre de cela : alors que le car du comité parvenait sur le site principal choisi pour l'Exposition universelle, quatre véhicules paramilitaires avaient surgi de nulle part et, un moment après, elle était menottée sur la banquette arrière de l'un d'eux.

Hochant la tête, elle répondit :

— Vous êtes le fils aîné de Hamid al-Mejdi.

— En effet, confirma-t-il.

Bizarrement, il n'ajouta rien.

— Où suis-je ?

— Ne vous souciez pas des lieux, Votre Majesté. Cela n'a aucune importance.

Le brouillard se levait sur sa mémoire. Le gaz avait rempli l'habitacle du car. Où étaient les femmes du comité ?

— Qu'avez-vous fait de toutes les personnes qui m'accompagnaient ?

Elle se rappela avoir ordonné à Faiza de se cacher sous un siège et de ne jamais avouer qu'elle était à son service : il fallait que sa secrétaire soit dissociée d'elle, de Javid, du palais royal.

— Rien. Nous n'avions pas besoin d'elles. Elles sont restées dans le car et n'ont subi aucune forme de violence.

Pouvait-elle le croire ? Il semblait sincère, et Anaïs avait besoin de se raccrocher à quelque chose de positif. L'espoir qu'en effet ses collaboratrices étaient toutes saines et sauves. Parler lui redonnait du courage, et elle demanda encore :

— Alors qu'attendez-vous de moi ?

— De vous, rien. Mais de votre mari…

L'homme s'interrompit délibérément afin de la plonger dans la terreur. Malgré la volonté ardente de ne pas lui accorder cette satisfaction, Anaïs sentait son anxiété fuser dans ses veines.

Elle baissa les yeux sur le verre d'eau avant de planter un regard froid sur le visage de son kidnappeur.

— Depuis combien de temps suis-je ici ?

Avec un sourire satisfait, Al-Mejdi répondit :

— Oh ! assez longtemps pour inquiéter Sa Majesté, je crois.

Une colère noire monta en elle.

— Si vous comptez vous servir de moi pour le faire chanter, je préfère vous prévenir : ça ne marchera pas !

— Ah non ? Alors, comment se fait-il que toute son armée vous cherche en soulevant chaque grain de sable du désert, dans ce cas ?

Anaïs voulut répliquer mais se ravisa. En même temps que l'effroi, la fureur et l'instinct de préservation, elle éprouvait une joie irrationnelle. Javid mettait tout en œuvre pour la retrouver. Certes, elle était la reine, mais…

— Combien de temps avez-vous l'intention de me garder ici ?

Son geôlier la considéra avec un flegme étudié.

— Le temps qu'il faudra pour que mon père obtienne ce qu'il demande. Ce qui lui est dû. Pas assez pour vous causer du mal : ni à vous ni à l'enfant que vous portez.

Les doigts d'Anaïs se serrèrent autour du verre d'eau.

— Co… Comment le savez-vous ? balbutia-t-elle.

Il sourit, visiblement amusé.

— Ma femme a donné naissance à suffisamment d'enfants pour que j'identifie certains signes. Mais c'est vous qui venez de me confirmer l'information.

Furieuse d'être tombée dans ce piège cousu de fil blanc, elle protesta :

— Javid… Le roi n'appréciera pas du tout vos méthodes. Je vous conseille de me laisser partir tout de suite.

Al-Mejdi se tourna pour lancer quelques ordres en arabe aux hommes de l'autre côté de la porte, puis lui répondit :

— En temps et en heure. Buvez. C'est de l'eau, et vous

êtes déshydratée. La carafe est sur la table. Nous ne vous voulons aucun mal, et un repas chaud va vous être porté sous peu.

Anaïs regarda encore le verre. Non sans méfiance, elle s'y humecta les lèvres avant d'avaler une petite gorgée de liquide. S'il y avait du poison dans cette eau, le goût en était imperceptible… Or, le bébé devait s'hydrater, en effet.

Ignorant l'impression de faire un très dangereux pari, elle finit le verre.

— Bien ! lança l'homme. À ma prochaine visite, je vous révélerai ce que vous ignorez à propos de votre mari. Reposez-vous bien.

La femme élégante le suivit et, glacée par la peur, Anaïs entendit jouer de gros verrous sur la porte.

En l'absence de lumière naturelle, seul le rythme des repas qui suivirent lui livra un indice du passage du temps, même si, parfois, un zeste de paranoïa la troublait : lui faisaient-ils croire que c'était le matin en lui servant un petit déjeuner, alors qu'elle était certaine que c'était le soir ? Elle calcula néanmoins qu'elle était enfermée dans cette pièce depuis un jour et demi. Au minimum un jour et demi.

Ce manque de repères temporels jouait sur son imagination. Le pire se produisit lorsque son ravisseur, comme promis, lui fit l'honneur de sa présence alors qu'elle prenait son troisième repas… et lui délivra son fameux scoop.

Ce qu'elle redoutait le plus était confirmé : Javid lui avait menti depuis le début.

Enfin, à sa visite suivante, Al-Mejdi brancha le haut-parleur d'un téléphone satellite et lui fit entendre sa conversation en direct.

— Je crois que vous attendiez mon appel avec impatience, Sire, lança son ravisseur avec orgueil. Je suis heureux de savoir que vous avez finalement conclu un accord avec mon père.

— Avec votre père, oui. Mais pas avec vous. Vous avez scellé votre sort en vous en prenant à ma femme. Touchez à l'un de ses cheveux, et je vous garantis que votre famille en subira les conséquences sur plusieurs générations.

Comme Al-Mejdi ouvrait la bouche pour répondre, la communication fut coupée et, une fraction de seconde après, le fracas des pales d'un hélicoptère résonnait au-dessus de leurs têtes, ainsi que le vrombissement de douzaines de véhicules.

Anaïs eut à peine le temps de comprendre ce qui se passait. La porte s'ouvrit, son ravisseur s'enfuit et un homme immense se précipita sur elle pour la prendre dans ses bras.

Son homme.

Javid.

Soudain, la terreur et les émotions contenues depuis des jours cédèrent comme une digue sous la pression d'un fleuve en crue. Javid lui murmurait des mots tendres à l'oreille tout en couvrant son front de baisers, et elle se blottit dans sa chaleur en pleurant toutes les larmes de son corps.

Accrochée à son cou, elle se laissa conduire hors de la pièce dont elle était prisonnière, et ce fut à peine si elle perçut la présence d'une douzaine d'hommes en treillis autour d'eux, formant un bouclier humain.

— Arrêtez-les tous ! tonna Javid. Qu'ils soient traduits en justice sur-le-champ.

Deux heures après, Anaïs était de retour au palais et, après avoir pris un bain chaud et avalé un bouillon, retrouva la douceur de son lit.

La généraliste l'avait examinée et auscultée avant de

rendre un diagnostic encourageant. Du repos et beaucoup, beaucoup d'eau, telles étaient les règles d'or à suivre dans les prochains jours.

Anaïs attrapa un mouchoir en papier et se tamponna les yeux.

Elle n'avait pratiquement pas cessé de pleurer depuis que Javid était venue la chercher, mais les hormones y étaient pour beaucoup.

— Merci d'être venu à mon secours, dit-elle à Javid qui ne quittait pas son chevet. Je n'ai pas honte de le reconnaître : j'étais terrifiée. Mais… Qu'as-tu été contraint de céder à Al-Mejdi ?

— Cela n'a aucune importance. As-tu idée de ce que j'ai traversé au cours de ces trois jours, Anaïs ? Trois jours à redouter qu'ils vous fassent du mal, à toi et au bébé, à imaginer le pire, à me demander si…

Se redressant contre son oreiller, elle lui décocha un regard assassin.

— Cesse de faire comme si je comptais pour toi !

Posant une main sur son ventre, elle précisa d'une voix vibrante de colère :

— Comme si *nous comptions* pour toi ! Comment oses-tu ?

Visiblement scandalisé par ses paroles, il se défendit d'un ton patient.

— Je comprends que tu sois très secouée par ce que tu viens de vivre, Anaïs. Tu n'y vois probablement pas très clair en ce moment. Sincèrement, tu ne penses pas qu'après avoir appris que tu avais été enlevée, j'ai commandé un café et lu mon journal. Qu'est-ce que tu me reproches ? De ne pas être arrivé assez tôt ? De ne pas m'être assez inquiété de ta sécurité personnelle et de celle de ton comité ? Oui je m'en veux de ne pas avoir été à la hauteur, mais même si je n'avais pas été roi…

— Ah ! le coupa-t-elle, sarcastique. Nous y voilà ! Enfin une hypothèse intéressante. Un scénario à ton goût.

Javid la dévisagea avec perplexité.

— Qu'est-ce que tu racontes ?

Anaïs hésita. Mais il fallait que ça sorte. Impossible de garder plus longtemps ce poison en elle. Elle planta un regard impitoyable dans le sien.

— As-tu conclu un accord avec le Conseil des Sages pour ne rester roi que dix ans ?

De toute son âme, elle aurait voulu qu'il s'agisse d'une ruse de son ennemi. D'une félonie de plus de la part de son ravisseur.

Hélas ! le visage décomposé de Javid lui confirmait que c'était la vérité.

— Attends, Anaïs, je peux tout t'expliquer et…

— Non, merci. Épargne-moi tes explications. Tout est clair, je crois, cher et hypocrite époux !

Sa fureur était telle qu'elle ne put réprimer un rire nerveux. Quel théâtre ! Quel culot ! Avant leurs fiançailles, ne l'avait-elle pas supplié de lui accorder une limite dans le temps ? Et ce qu'il lui avait refusé, il se l'était accordé dès le départ… sans même le lui dire ?

En tout cas, elle ne permettrait pas que son enfant soit le jouet d'un « père pour dix ans ». Jamais !

— Surveille ton langage, *habibi*, répliqua-t-il. Tu es ivre d'épuisement : la fatigue nerveuse te joue des tours. Le moment de discuter de tout cela n'est pas venu, mais sache que beaucoup de choses ont changé depuis, et…

— Tu as raison ! fulmina-t-elle. Ce n'est pas le moment, mais sois certain que nous n'aurons pas besoin de revenir sur le sujet : c'est terminé. J'en ai fini avec toi !

— Pas moi. Repose-toi un moment, je reviens.

Méfiante, elle le regarda quitter sa chambre avant de se retourner rageusement sur son lit.

Oui, c'était *fini*. Elle n'avait aucune envie de jouer la comédie neuf ans et demi de plus ! Comme des centaines de milliers d'autres femmes, elle allait retrouver une vie normale, chercher un appartement et un emploi à Paris, élever seule son enfant, et… et…

Épuisée, elle s'endormit.

Lorsque Anaïs ouvrit les yeux, il lui fallut quelques secondes pour évaluer la situation : elle était dans son lit, au palais royal. Sur sa table de chevet, la pendulette indiquait 7 h 5, et le soleil filtrait par la porte-fenêtre donnant sur la terrasse.

Et comme elle était rentrée la veille en fin d'après-midi… Bon sang ! avait-elle dormi douze heures d'affilée ? Un gargouillis sonore résonna dans la pièce, et elle chercha du regard le chariot du petit déjeuner : elle avait très faim !

Écartant le drap, elle s'apprêtait à se lever quand…

— Ne bouge pas !

Étouffant un cri, Anaïs sursauta avant de distinguer Javid dans un fauteuil. Hagard, il se leva et poussa lui-même le chariot jusque devant son lit. Médusée, elle le dévisagea et se demanda comment elle n'avait pas pu remarquer, la veille, les cernes très marqués sous ses yeux. Il semblait amaigri, comme s'il n'avait rien avalé depuis plusieurs jours : ses joues paraissaient creusées. Il avait le teint cireux sous son menton voilé de gris.

— Tu… Tu n'as tout de même pas passé la nuit dans ce fauteuil ? demanda-t-elle, incrédule.

Ignorant sa question, il lui ordonna :

— Tiens. Bois ça.

Il lui tendit un verre d'oranges pressées.

Anaïs s'exécuta tandis qu'il installait un plateau à pied sur le lit. N'importe quelle odeur d'aliment cuit provoquant chez elle des nausées au réveil, il avait remplacé les toasts par des tartines de pain frais, les œufs brouillés par un yaourt au miel, le café par un thé rouge. Une salade de fruits et des croissants dorés complétaient le menu.

Après avoir tartiné une tranche de baguette d'une couche de confiture de mirabelles, il la lui mit d'autorité dans la main.

Anaïs était affamée : pourquoi se faire prier ? Elle croqua avec plaisir dans sa tartine.

— Bien sûr que oui, j'ai passé la nuit auprès de toi, dit-il enfin.

Il s'assit au bord du lit et enchaîna :

— Je suis revenu, hier. Tu dormais. Et je n'ai pas l'intention de fuir la discussion que tu as engagée. Permets-moi seulement de commencer par la fin : grâce à ton engagement pour l'Exposition universelle, tu es une reine très populaire auprès de ton peuple. Tes conseils m'ont toujours été précieux, et j'ai besoin de connaître ton avis avant de prendre une décision. Sinon, je n'y arrive pas, Anaïs. Tu es mon alter ego. Ma partenaire.

Désarçonnée par cette entrée en matière, elle secoua lentement la tête.

— Si tu cherches à me convaincre de continuer à régner auprès de toi pendant plus de neuf ans, je ne…

— Ce n'est pas *du tout* ce que je veux, Anaïs. Mais avant d'en venir à l'essentiel, il faut que je te fasse une confession. Aux yeux de mon père, je n'étais qu'une pièce de rechange. Toute mon enfance, j'ai attendu vainement une marque de confiance de sa part. Un témoignage d'intérêt. C'est pourquoi j'ai choisi un mode de vie très bruyant à l'âge adulte : je savais que le roi de Jukrat en serait excédé.

Elle sourit.

— Laisse-moi deviner : ton plan a fonctionné.

— À merveille, confirma-t-il. Mais ce n'était pas suffisant. Je voulais aussi démontrer la réalité de mes talents à mon père, lui prouver que je pouvais être le meilleur dans mon domaine. J'ai choisi la diplomatie, et rapidement il a eu besoin de moi. La première fois qu'il a fait appel à mes services au sein de son Conseil, j'ai exulté. Et puis…

Il lui prépara un pamplemousse afin qu'elle puisse le manger aisément.

— Il est mort, reprit-il. Je me suis senti inutile. Oh ! bien sûr, Tahir n'a cessé de chanter mes louanges auprès de toutes les cours du monde et de me faire monter en grade, mais j'avais le sentiment d'avoir atteint un plafond et de ne pouvoir que régresser.

Anaïs fronça les sourcils.

— Je ne voulais pas pour autant devenir roi, continua-t-il. D'ailleurs, j'étais certain d'en être incapable, et je l'ai dit à Tahir qui avait déjà pris sa décision avec le Conseil de Riyaal.

Il planta son regard dans le sien. Un regard vibrant d'émotion.

— Anaïs, si j'ai exigé de pouvoir partir après dix ans, c'est parce que j'étais persuadé de ne pas pouvoir offrir au royaume ce dont il avait besoin. Je te promets que je te l'aurais dit, s'il ne s'était pas produit ce miracle sur l'île.

Le mot « miracle » fit naître une myriade de frissons sur sa peau, et elle resta immobile, suspendue à ses lèvres.

— Non seulement tu m'as comblé en tant que souverain en m'offrant le partenariat parfait, celui dont je n'aurais pas osé rêver, mais en plus j'ai rencontré mon âme sœur. La personne dont je me sens le plus proche. Celle avec qui je veux discuter avant de m'endormir et à mon réveil.

La déesse qui me comble sexuellement, et qui m'a rendu dépendant de sa peau, de son parfum.

Anaïs ne put empêcher une larme de rouler sur sa joue.

— Oui, tu m'as fait croire que nous étions égaux, sur l'île, répondit-elle. Et que tu avais de l'estime pour moi. Puis, tu m'as chassée de ton quotidien sauf pour le sexe.

— Mais… Nous *sommes* égaux ! objecta-t-il. Et si j'ai pris la fuite, c'est parce que je n'avais jamais connu ce genre de relation avant. Une telle complicité, cela me bouleversait. En réalisant à quel point j'en devenais dépendant, j'ai pris peur. Je redoutais que cela finisse comme d'habitude : que tu me rejettes…

Assis près d'elle sur le lit, il fuyait son regard, et elle prit vivement sa main dans la sienne.

— Oh ! Javid… Mais jamais je ne t'aurais rejeté !

Ils échangèrent un regard qui lui serra le cœur.

— Je veux pouvoir affronter mes peurs, déclara-t-il. Je suis en train de changer, grâce à toi, mon soleil.

Encadrant de ses mains son visage ravagé par plusieurs jours d'angoisse, elle déposa un baiser d'une infinie tendresse sur son front.

— Tu as réussi à éteindre tes sentiments pour moi de façon si soudaine… J'en ai été terrifiée, avoua-t-elle.

— Non. Je ne les ai jamais éteints. J'ai seulement employé les tactiques dont j'ai acquis l'expertise en diplomatie. Un peu comme le bluff au poker… J'ai caché mes émotions. Mais je ne le ferai plus, Anaïs. Plus jamais. Ces dernières semaines ont été un enfer. Le matin où tu es partie en car avec le comité, j'étais prêt à te rejoindre pour te supplier de me pardonner. Je voulais t'avouer ce que j'éprouvais, te promettre de te rendre heureuse et surtout te dire que…

Il s'interrompit avant de conclure :

— J'attendais impatiemment ton retour quand j'ai appris que tu avais été kidnappée.

Il lâcha une bordée de jurons et conclut :

— Ces trois jours ont été les pires de mon existence.

— Pour moi aussi. J'ai bien cru que je ne te reverrais jamais… Mais tu ne m'as toujours pas dit quelle contrepartie Al-Mejdi a obtenue.

— Je t'assure que cela n'a plus d'importance. Je lui ai accordé ce qu'il voulait : les terres qu'il avait cédées à Adnan et que nous avons transformées en réserve. Mais cet homme se voit désormais accusé de complicité d'enlèvement et de séquestration, de possession d'armes, de chantage et de menaces aggravées, et de je ne sais combien d'autres chefs d'inculpation : les lois du royaume prévoient la mise sous séquestre de ses terres.

— Tu me le promets ? insista-t-elle. Ces réserves vont rester la propriété de Riyaal ?

— Absolument, ma chérie. Tu as d'autres questions ?

— Oui, dit-elle en le regardant droit dans les yeux. Tu n'as pas terminé ta phrase, tout à l'heure. Que voulais-tu « surtout » me dire le matin où tu as souhaité me rejoindre ?

Il sourit.

— Que plus jamais je ne permettrai au passé de gâcher mon présent. Que je suis impatient de vivre notre avenir ensemble. Que ni dix, ni vingt, ni cinquante ans de mariage avec ma reine ne me suffiront, et que je veux que tu me jures de rester ma femme pour au moins un siècle. Et enfin…

Comme il posait une main sur son ventre, elle sentit son cœur fondre d'amour pour lui.

— Que je meurs d'envie de voir sa frimousse.

Secouée par des sanglots, Anaïs tomba dans ses bras.

— Chut ! chut ! Ne pleure pas, *habibi*. Je ne veux plus voir ces yeux magnifiques verser une seule larme. Jamais.

Elle rit et s'esclaffa :

— Ce sont les hormones… Des larmes de joie !

Il les essuya d'une main avant de murmurer :

— Je venais également te dire que je t'aimais. Que l'idée de passer ma vie entière avec toi me délivrait de mes peurs. Que j'étais prêt à tout pour que tu m'accordes une chance de poursuivre ce que nous avions commencé à Bora Bora.

Le bonheur inondait Anaïs. Le cœur battant sur un rythme endiablé, elle murmura :

— Tu sais ce que j'aurais répondu ?

Il fit non de la tête.

— Que moi aussi, je t'aime. Qu'il n'y a rien au monde que je désire davantage que de rester ta femme. Que je veux fonder une famille avec toi et régner auprès de toi, parce que c'est un honneur et une fierté : le peuple de Riyaal ne s'y est pas trompé, mon cœur. Tu es le roi qu'ils espéraient, le roi qu'ils plébiscitent et qu'ils aiment.

— Redis-le, lâcha-t-il d'un ton rauque.

— Mon cœur, répéta-t-elle avant de sentir ses lèvres se poser sur les siennes.

Ils échangèrent un baiser languide et prometteur, un baiser annonciateur de bien des plaisirs.

— Je t'aime, Javid, reprit-elle. J'ai hâte de commencer notre vie à trois. Et de faire convenablement connaissance de ta mère.

Il leva les yeux au ciel et sourit.

— Oui, j'admets qu'il y a un rattrapage à faire de ce côté-là.

— Mais tu adores les défis, mon beau roi : je sais que celui-ci ne produira que bonheur et fêtes.

Il l'embrassa encore, longuement, un baiser passionné, étourdissant. Le baiser unique, très spécial, qu'échangent seulement les êtres faits l'un pour l'autre.

Épilogue

Cinq ans plus tard

Sur l'un des ponts du yacht, Javid approcha de la chaise longue où sommeillait son frère, face à un paysage de rêve. Un verre à la main, Tahir entendit son pas et se retourna.

— Si tu es encore venu te vanter sur le thème « Mon bateau est plus grand que le tien », inutile de dépenser ta salive, l'avertit son aîné.

Javid ne put réprimer un rire malicieux. Il y avait cinq ans qu'il taquinait son frère au sujet de son yacht. Cinq ans qu'il débordait de bonheur et qu'il était facile de déclencher son hilarité.

Des éclats de rire féminins résonnèrent comme en écho au sien, sur le pont du dessous, et les deux frères échangèrent un regard complice.

Tahir reporta son attention sur sa femme, enceinte de leur deuxième enfant, et une infinie tendresse se lut sur ses traits. Impossible pour Javid de se moquer de lui : il avait le même regard béat lorsqu'il contemplait sa femme.

Pour le moment, sa belle-sœur, la reine Lauren, avait raconté quelque chose de drôle à Anaïs et à leur groupe d'amies. Enceinte elle aussi, sa merveilleuse épouse couvrait les oreilles de leur fille, Djamila, pour qu'elle n'entende pas la plaisanterie.

Mais à quatre ans, la fillette, agile, se libéra très vite et alla courir après son cousin Malik.

— J'ai l'impression que ta fille apprend très tôt l'art de torturer les mâles, observa Tahir. J'espère que son petit frère lui donnera envie de mettre un peu d'eau dans son vin.

— Ses petits frères, au pluriel, précisa Javid.

Tahir se retourna vivement vers lui.

— Quoi ?

— Oui. Ma prodigieuse épouse attend des jumeaux ! C'est ce que je venais te dire avant que tu m'accuses de te rappeler que mon bateau est plus beau que le tien.

Tahir lâcha un juron avant de se lever et de serrer son frère dans ses bras.

— Je suis fier de toi, frangin ! s'exclama-t-il.

— Tant mieux. Parce que je comptais te demander un service. Figure-toi que j'ai entendu une rumeur…

Tahir haussa les sourcils.

— Ah ?

— Oui. Il paraît que juste avant mon couronnement, le Conseil des Sages a reçu une consigne stricte émanant de Jukrat, bien qu'un article du protocole aurait laissé entendre qu'il n'était pas indispensable de choisir une reine.

Tahir haussa les épaules.

— Ah ! ça ?

Un sourire espiègle apparut sur son visage.

— Peut-être, admit-il. Tu me parlais déjà d'Anaïs, à cette époque. Elle t'irritait beaucoup. Vous étiez comme chien et chat, et cela m'a rappelé quelque chose… Je ne voulais pas que tu sois contraint de subir une longue attente, comme moi avec Lauren.

Un bref silence tomba entre eux. Javid était touché par la sollicitude de son frère. Par sa clairvoyance, aussi.

— *Shukran*, murmura-t-il avec gratitude.

Tahir sourit.

— Nomme-moi parrain de tous tes enfants, et nous serons quittes.

— Marché conclu !

— Un marché ? Vous faites des affaires pendant les vacances ? intervint Anaïs en les rejoignant.

Toute vêtue de blanc, elle était sublime. Sa robe moulait son ventre et révélait ses jambes interminables.

— Tu sais bien que je ne manque jamais l'opportunité de conclure un marché quand il m'avantage, répondit Javid en l'attirant contre lui.

— Oh non ! je ne risque pas d'oublier ce trait de ta personnalité, mon chéri ! s'exclama-t-elle en riant.

Passant les bras autour de son cou, il ajouta :

— Mais rien ne peut être comparé au bonheur que j'ai trouvé en ayant la chance de te rencontrer, mon amour, murmura-t-il.

— Ne dis pas des choses comme ça… Tu vas me faire pleurer, répondit-elle, émue.

Ses immenses yeux bleu-vert brillaient de bonheur.

Avec langueur et volupté, il déposa plusieurs baisers de braise sur sa joue, qui firent applaudir les passagers d'un bateau du club nautique de Riyaal – et qui inspirèrent des grimaces écœurées à leur fille.

— Pleure autant que tu veux, ma chérie, si ce sont des larmes de joie, ajouta-t-il.

Son épouse lui retourna un visage épanoui. Elle rayonnait du plaisir d'être dans ses bras. Comme lui.

— Avec toi, mon cœur, ce ne peut être que la joie, affirma-t-elle. Toujours.

Vous avez aimé ce roman ?
Retrouvez en numérique
les deux frères du désert de Maya Blake.

1. *Scandaleuse nuit au palais*
2. *Le play-boy des sables*

Retrouvez prochainement,
dans votre collection

AZUR

Désirs grecs, de Melanie Milburne - N°4642

C'est avec émotion que Ruby s'engage dans Rothwell Park, le domaine où elle a grandi. Le château, dont sa grand-mère est restée la gouvernante, lui a offert autrefois un havre de paix… et l'amour. Follement éprise de Lucas Rothwell, son héritier, elle a cependant dû se faire à l'idée qu'il ne partagerait jamais ses sentiments. Aujourd'hui, revoir Lucas est plus troublant que jamais. L'aura de mystère qui entoure cet homme est accentuée par le secret qu'il lui révèle bientôt. Un secret qu'il demande à Ruby de taire au monde, durant le voyage qu'ils feront ensemble en Grèce…

Scandale en Italie, de Chantelle Shaw - N°4643

Si Ivy fait irruption dans la salle de réunion de Rafael Vieri, interrompant ainsi la signature d'un fructueux contrat, c'est pour le placer face à ses responsabilités. Le bébé dont elle est la tutrice est celui de l'homme d'affaires ! proclame-t-elle devant une assemblée ahurie. Or ce scandale est d'autant plus malvenu que Rafael lui prouve bientôt qu'elle a fait erreur sur la personne. Furieux qu'Ivy ait ainsi compromis sa réputation, il exige d'elle qu'elle contribue à redorer son image… en l'épousant !

L'héritier d'une princesse, de Clare Connelly - N°4644

La princesse Charlotte de Rothsburg connaît son devoir : donner au royaume un héritier. Or, avant d'épouser un homme qu'on a choisi à sa place, elle s'autorise une nuit d'égarement. Une nuit où dans l'anonymat elle s'offre à Rocco Santinova, un homme d'affaires connu à Manhattan et dans le monde pour son caractère impitoyable. Alors que leur histoire devrait s'arrêter là, Charlotte se découvre vite enceinte. Dès lors, elle n'a d'autre choix pour éviter la disgrâce que d'épouser Rocco…

La rivale amoureuse, de Rebecca Winters - N°4645

Sous un faux nom, Francesca s'est installée au royaume de Baldasseri. Là, elle a décroché l'emploi de ses rêves et démarré une nouvelle vie. Pas question pour elle, donc, de révéler qu'elle est une Visconti, car sa famille est rivale de la Couronne ! Hélas, par un curieux hasard – ou une facétie du destin –, elle fait bientôt la connaissance du prince Vincenzo Baldasseri, dont elle tombe amoureuse. Alors qu'elle devrait fuir son ennemi, elle a très envie d'en faire son amant…

Une passion innocente, de Sharon Kendrick - N°4646

Six ans plus tôt, Mia a fui son tout nouvel époux, sitôt leurs vœux prononcés. Quel choc pour elle de retrouver Theo Aeton sur le pas de sa porte ! S'il est venu à sa rencontre aujourd'hui, c'est pour lui demander de l'accompagner en Grèce pour se rendre au chevet d'un parent malade. Malgré les différends qui les opposent encore, Mia accepte de le suivre, tout en se jurant de rester prudente. L'homme qu'elle a follement aimé avant qu'il la trahisse a gardé le pouvoir de la faire fondre d'un seul regard. Or le désir entre eux est d'autant plus fort qu'ils n'ont jamais consommé leur union…

Liaison au palais, de Susan Meier - N°4647

Le roi Jozef vit en reclus depuis des années. Aussi est-il réticent à l'idée de confier son image publique à l'audacieuse Rowan Gray. Cette dernière, convaincue qu'il est temps pour lui de sortir de son isolement, le pousse malgré lui dans ses retranchements tout en l'attirant dangereusement. Jozef peut-il s'autoriser une liaison clandestine avec Rowan et prendre le risque de faire naître un scandale avec celle-là même qui a pour mission de protéger sa réputation ?

La captive de la forêt, de Millie Adams - N°4648

Perdue dans une forêt des Highlands, Athéna pénètre dans un mystérieux château gothique dont le maître des lieux se révèle être Cameron McKenzie. L'homme d'affaires, célèbre autrefois pour ses frasques de play-boy, vit en reclus depuis l'accident qui l'a défiguré. Alors qu'elle devrait être effrayée par son apparence et ses manières brusques, Athéna se sent auprès de lui… en sécurité. Jusqu'à ce qu'elle comprenne que Cameron n'a aucune intention de la laisser repartir !

Un patron pour époux, de Lynne Graham - N°4649

SÉRIE : *L'HÉRITAGE DES STEFANOS* - 1/3

Choqué de se découvrir une famille dont il ignorait tout, Ari Stefanos décide d'oublier ses soucis le temps d'une nuit passionnée. Dans les bras de Cleo, sa douce assistante, il vit une parenthèse délicieuse. Mais le poids des responsabilités l'accable encore quand il apprend que pour adopter sa nièce orpheline il lui faut se marier. Qu'à cela ne tienne, Ari connaît déjà la candidate parfaite pour tenir auprès de lui le rôle d'épouse. Reste à convaincre son amante d'un soir de se prêter au jeu…

Le secret de Sa Majesté, de Lucy Monroe - N°4650

SÉRIE : *DÉCRET ROYAL* - 2/3

Emma a follement aimé le prince Konstantin de Mirrus, avant qu'il la quitte pour rechercher une femme de son rang. Le revoir cinq ans plus tard est un choc d'autant plus grand pour elle que Konstantin veut désormais faire partie de sa vie – ou plutôt de celle de leur fils, dont il vient d'apprendre l'existence. Emma peut-elle lui faire confiance alors qu'il a autrefois choisi de sacrifier leur amour sur l'autel du devoir ?

La fuite d'une fiancée, de Dani Collins - N°4651

SÉRIE : *QUATRE MARIAGES ET UN BÉBÉ* - 2/4

Pour sauver son entreprise, Eden doit contracter un mariage de convenance. Hélas, lorsque la cérémonie vire au désastre, elle se retrouve contrainte de fuir en compagnie du témoin du marié ! Une folie d'autant plus grande que Remy Sylvain ne la laisse pas indifférente, depuis le baiser inoubliable qu'ils ont échangé autrefois… Cet homme, qui l'agace autant qu'il l'attire, représente pour elle le fruit défendu. Et Eden rêve soudain de passer entre ses bras ce qui aurait dû être sa nuit de noces…

Cette dernière nuit entre tes bras,
d'Anne Mather - N°4652

Une dernière nuit d'amour. C'est tout ce que Joanna attend de Matt avant qu'ils ne divorcent. Une nuit de passion dans la chaleur de Miami, lors de laquelle, pendant quelques heures, ils pourraient oublier leurs différends. Une nuit de plaisir et d'insouciance… Ils se sont tant aimés, autrefois ! Seulement voilà, Joanna ne le sait que trop bien : plus rien n'est possible entre Matt et elle. Du moins le croit-elle, jusqu'à ce qu'un événement inattendu vienne bouleverser leur existence…